作者简介

屠格涅夫
(1818——1883)

十九世纪俄国作家、诗人和剧作家,是享有世界声誉的现实主义艺术大师。他不仅善于通过生动的情节,恰当的言语、行动,及其对大自然情境交融的描述,塑造出许多栩栩如生的人物形象,而且能迅速及时地反映当时的俄国社会现实。主要作品有《猎人笔记》《罗亭》《贵族之家》《前夜》《父与子》《烟》和《处女地》等。

ВЕШНИЕ
ВОДЫ

春

外国情感小说

潮

Foreign Classic
Romantic Novels

〔俄〕**屠格涅夫** 著

马宗融 译

人民文学出版社

图书在版编目 (CIP) 数据

春潮 /（俄罗斯）屠格涅夫著；马宗融译 . —北京：人民文学出版社，2017

（外国情感小说）

ISBN 978-7-02-013217-1

Ⅰ. ①春… Ⅱ. ①屠… ②马… Ⅲ. ①言情小说—小说集—俄罗斯—近代 Ⅳ. ① I512.45

中国版本图书馆 CIP 数据核字 (2017) 第 203330 号

出版统筹	仝保民
责任编辑	陈 黎
策划编辑	张福生
特约策划	李江华
特约编辑	赵海娇
书籍设计	李思安

出版发行	人民文学出版社
社　　址	北京市朝内大街 166 号
邮政编码	100705
网　　址	http://www.rw-cn.com

印　　刷	三河市祥宏印务有限公司
经　　销	全国新华书店等

字　　数	130 千字
开　　本	787×1092 毫米 1/32
印　　张	8
印　　数	1—6000
版　　次	2019 年 2 月北京第 1 版
印　　次	2019 年 2 月北京第 1 次印刷
书　　号	978-7-02-013217-1
定　　价	48.00 元

如有印装质量问题，请与本社图书销售中心调换。电话：010-65233595

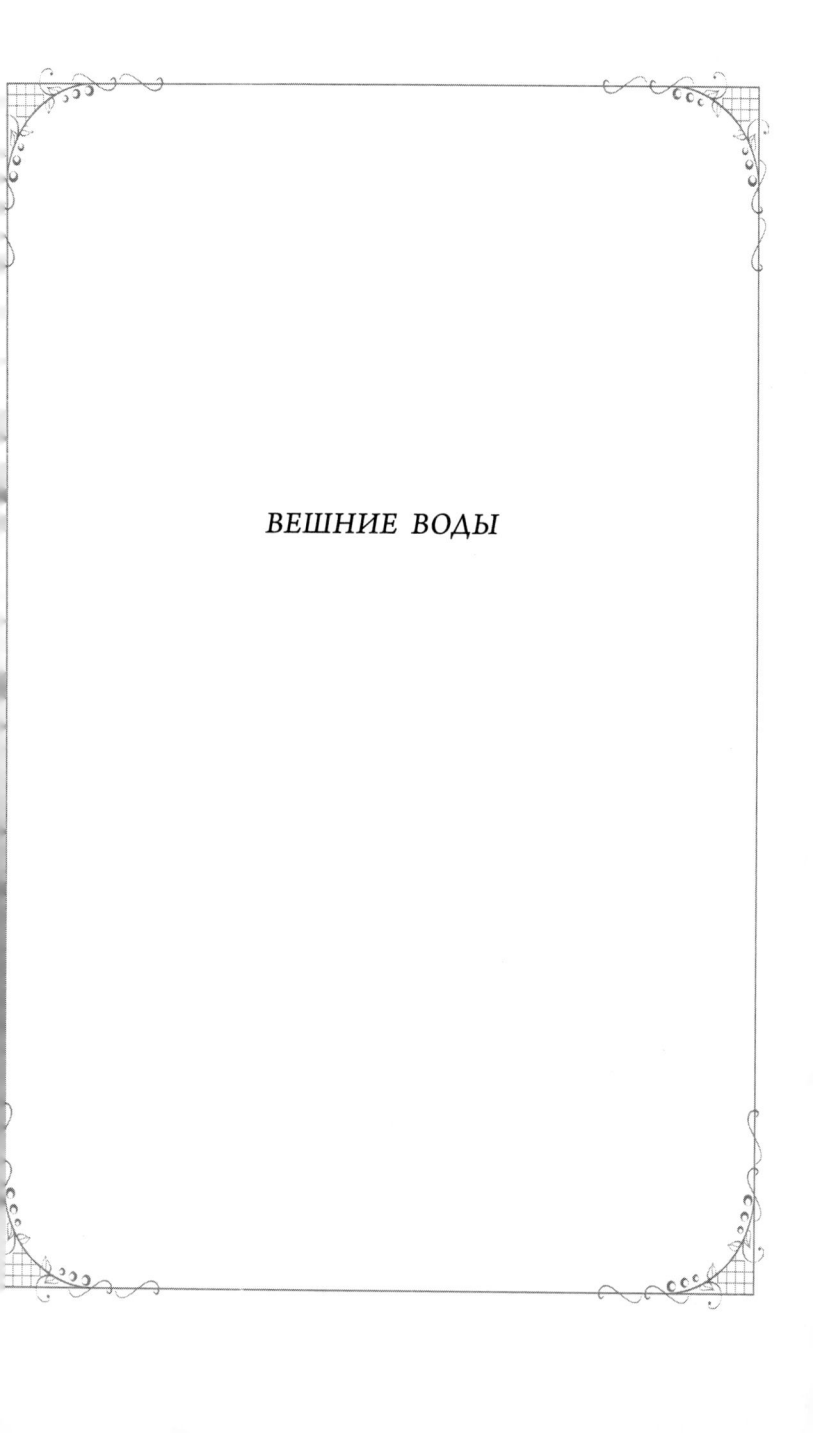

ВЕШНИЕ ВОДЫ

> 快乐的岁月,
>
> 幸福的时日,
>
> 像春潮一般,
>
> 都已流逝。
>
> （俄罗斯古谣）

他回到自己的书房,已经是清晨一点多了。他把进来点蜡烛的仆人打发走,倒在一把靠近火炉的沙发椅上,用两手蒙住了面孔。

他从身体到精神,都感到极度疲倦。他和可爱的女士、有教养的先生们一起,消磨了整个晚上。女士们漂亮的居多,先生们几乎全都才智出众,他自己也侃侃而谈,才华四溢……然而他烦闷到极点,真像古罗马人所说的,厌倦了人生,对生活的憎恶简直压得他喘不过气来。要是他稍微再年轻一点,这些忧愁、苦闷和烦躁真会使他痛哭失声。他心里像苦艾一样又苦又辣,仿佛有种使人恶心、压抑的东西像墨黑的秋夜一样,从四面八方向他包围过来。他不知道怎样才能逃脱这黑暗和愁苦,想睡也没有用,他知道一定睡不着。

他不知不觉地陷入了沉思——迟缓、漫无边际、充满辛酸的沉思。

他想到人世间的虚荣、浮华、肤浅和虚伪。人生的各个阶段——他刚满五十二岁——一段接着一段在他眼前展现,没有一段令人满意。总是过得毫无意义,白白地浪费精力;总是半真半假地自己欺骗自己——一切都是为了打发光阴——然后突然之间,仿佛晴天霹雳,衰老降临了,接着就是死的恐惧与日俱增。它腐蚀一切,笼罩一切,最后……就沉入无底的深渊。生命要是就这样消逝了,倒也干净利落,然而在完结之前,就像铁往往要生锈一样,又来了病魔、苦难……生命的海洋并不像诗人所描写的那样总是翻腾着巨浪——在他的想象中,它是一个风平浪静的海,一平如镜,纯净透明,一眼能看到黑沉沉的底;他自己坐在一叶扁舟上,可以看到海底黑黝黝的污泥里,藏着一些狰狞的怪物,像巨大的鱼类。这些是与生俱来的苦难——病痛、灾祸、疯狂、贫困、失明……他更仔细地看去,喏,一个怪物从混沌之中浮现出来,它越升越高,越来越清晰可见。丑恶的形象越来越明显……再过一刹那,小舟就要被它掀翻。忽然,它又沉了下去。一沉到底,回到原处蜷伏,轻轻摆动它的鳍……然而那注定的时刻终须到来,小舟必将倾覆。

他把头朝后一仰,一跃而起,在房间里来回走了两圈,又坐到书桌前面,把抽屉一个个打开,乱翻那些字纸,还有那些旧信札,大部分是女人写的。他自己也不知道到底要找什么,他只是想活动一下,借以摆脱那些使他烦恼的想法。他随便打开几封信,其中的一封里有一朵干枯了的花,系着一条褪了色的缎带。他耸了耸肩,向壁炉瞧了一眼,把信放在一边,像是要把这些无用的垃圾烧掉。他匆匆忙忙翻遍了每一个抽屉,忽然两眼大睁,慢慢抽出一个小巧的旧式八角盒子,缓缓地把盒盖打开。盒子里,在两层发了黄的棉花下面,有一枚镶着石榴色宝石的小十字架。

他迟疑地盯着这个十字架看了好一会儿,——突然低低地叫了一声,神色是悔恨和欣喜交加。他脸上的表情仿佛是无意中遇到了一个曾经温存地爱过的人,久别重逢,容颜未改,只是岁月已经留下了深深的痕迹。

他站起来走到火炉旁边,重新坐在沙发椅上,又用两手把脸蒙起来……"为什么在今天？为什么恰恰在今天？"他想道。许多许多年以前的事，又回到了他的心头。

以下就是他的回忆——

但必须首先告诉你他的姓名。我们的主人公叫作德米特里·巴夫洛维奇·萨宁。

以下就是他的回忆：

一

那是在一八四〇年的夏天。萨宁刚满二十二岁,从意大利回俄国,路过迈因河畔的法兰克福。他已经自立,有一份微薄的家产。没有近亲,一位远亲去世给他几千卢布遗产。不进官场,他是无法维持像样的生计的。不过,在给官家拉套,进政府机关做事之前,他决定用这笔钱到国外旅行一趟。萨宁严格执行了自己的计划,旅行安排得细致周密,在他到达法兰克福的这一天,剩下的钱恰好够用到圣彼得堡。在一八四〇年,欧洲还没有什么铁路,游客只能乘坐邮车。萨宁预订了一个邮车的座位,但是车子要到晚上十点钟才启程,他还得等上好半天。幸而天气晴朗,萨宁在当时著名的白鹅饭店吃过晚饭,就到城里闲逛。他先看了看丹莱克尔①雕刻的阿里阿德涅②像,觉得意思不大,又去拜访了歌德的故居。说老实话,这位作家的作品他只读过《少年维特之烦恼》,而且读的还是法文译本。他在迈因河畔散了一会儿步,像一本正经的游客常有的那样,不多久就厌烦了。终于在将近六点钟的时候,他两腿酸痛,尘土满靴,来到了法兰克福一条最偏僻的街道上。这是他终生难忘的一条街。一家房屋门前挂着一个招牌,写着"意人利基约瓦尼·洛色里甜食店"的字样。他走进去想喝杯柠檬水。一进门,只见一个简朴的柜台后面有一排油漆漆过的木头架子,上面像药铺一样,摆着些贴着金纸标签的瓶子,还有装着饼干、巧克力和水果糖的玻璃罐子。一个人也没有,一只灰色的猫眨着眼睛打呼噜,抓挠着窗前一把高高的柳条椅的坐垫。一个木质雕花的针线盒子打翻在地,旁边有一个大的红色的毛线团,在夕阳的斜照中被映得通红。隔壁有轻微的声响。萨宁等门铃叮叮当当的余音消失了,就大声问道:"有人吗?"忽然,邻室的门开了……萨宁不由得大吃一惊。

① 当时德国名雕刻家。
② 希腊神话中克里特王弥诺斯之女。

二

　　一位十九岁左右的少女冲了出来。她的黑色鬈发披在赤裸的肩头,光光的胳膊往前伸着。她一见萨宁急忙上前拉着他就往后走,一面气喘吁吁地说:"快,快,救救他!"萨宁的腿仿佛生了根,一步也挪不动,没有马上随她进去。并不是他不愿意听她的话,而是实在太吃惊了。他有生以来,从来没有见过这样美貌的少女。她转身对着他,又连连地恳求:"来呀,快来吧!"她的声音,她的神色,以及她那神经质地用双拳紧紧抵着苍白脸颊的动作,都透露出绝望的情绪。于是他不再迟疑,跟着她奔进了那道开着的门。

　　在隔壁屋子里,一个十四岁左右的少年平躺在一个旧式马鬃垫的沙发上。他的相貌非常像她,多半是她的兄弟。他的脸色苍白——白里透黄,像蜡,又像古老的大理石。他双眼紧闭,浓密的黑发在那石雕般的前额和那一动不动的秀丽眉毛上,投下了一道阴影。乌紫的嘴唇间露出咬得紧紧的牙齿,他好像已经停止了呼吸。一只手无力地垂到地板上,另一只手搭在头边。少年身上整整齐齐地穿着衣服,上衣扣得严严实实,打得紧紧的领带勒着脖子。

少女向他扑过去,大声哭叫:"他已经死了,死了!"她又叫道:"他刚才还好好的,坐在那儿跟我说话,忽然一下子就倒下了,躺在那儿一动不动……上帝呀,真的救不活他了吗?妈妈又不在家。邦塔列沃勒!邦塔列沃勒!你请的医生呢?"接着又用意大利语说:"你去请医生了吗?"

"我没有自个儿去,小姐,我叫路易斯去了。"门那边传来了沙哑的声音。一个小老头穿着件钉着黑纽扣的紫色燕尾服,高高地打着个白色的领结,穿着短短的本色马裤,一双蓝色的毛长袜,拐着罗圈腿走进房里来。他那非常小的面孔被一大堆铁灰色的头发遮得几乎完全看不见了。头上四面八方乱七八糟地竖着一些短头发,长的又纷纷结成卷儿下垂,使老人的相貌看来很像只凤头鸡。因为在一堆乱糟糟的深灰色头发下面只看得见一只尖鼻子和一对溜圆的黄眼珠,那副模样就越发像凤头鸡了。

"路易斯比我跑得快,我跑不动。"老头继续用意大利语说着,一面用两条肿胀的腿交替地支撑着身子。他穿着系带的靴子,靴腰上系着花结,"我送水来了。"

他那枯瘦、指节粗大的手紧紧攥着水瓶细长的颈子。

"不等医生来,爱弥儿就要死啦!"少女又叫了起来,双手伸向萨宁,"好心的先生,o mein Herr!(德语:"哦,先生!")您不能救救他吗?"

"他中风了,应当给他放血。"那个叫作邦塔列沃勒的老头说。

萨宁虽然不懂医学,倒也知道一个十四岁的孩子是不会中风的。

"他昏过去了,不是中风,"说着,他问邦塔列沃勒,"你们有刷子吗?"

老人抬起了头:"什么?"

"毛刷子,毛刷子!"萨宁先是用德语,然后又用法语反复地说。"毛刷子。"他又做着刷衣服的手势说。

老人终于明白了他的意思。

"哦,毛刷子!Spazzette!(意语:毛刷子。)当然有!"

"拿来吧,把他的衣服解开,给他搓搓。"

"好……Benone! 要不要用水浇他的头?"

"不用,等一会儿再说! 把毛刷子拿来,越快越好。"

邦塔列沃勒把水瓶放在地板上,马上跑出去了。他很快就拿了两把毛刷子回来,一把是刷头的,一把是刷衣服的。一只鬈毛小狗跟着他走进来,使劲摇着尾巴,用好奇的目光打量着老人、少女和萨宁,仿佛想要知道这里乱哄哄地究竟在忙些什么。

萨宁迅速脱去了这躺着的少年的外衣,松开他的领子,把他的衬衫袖子卷起来,然后拿起一把刷子,用力地在他前胸和手臂上刷了起来。邦塔列沃勒用另外一把刷子——头发刷子——同样起劲地在少年的靴子和裤子上刷了起来。少女跪倒在沙发旁边,双手托着头,目不转睛地看着她兄弟的脸。

萨宁一面用毛刷子刷着,一面偷偷看她。上帝呀,她真美丽啊!

三

她的鼻子略长,弯弯的轮廓秀美可爱。上嘴唇淡淡地长着一层绒毛,肌肤光洁柔润,脸色犹如象牙或浅淡的琥珀。她的头发的光润波纹,使人联想到皮蒂宫①里阿洛利②刻的汝底忒③的雕像。眼睛尤其动人,深灰色的眼珠周围,沿着一道黑线,非常神妙,夺人魂魄——哪怕是此刻,当恐惧和悲伤减却了它的光辉时,也是这样。萨宁的思想不由自主地又飞回到他刚刚离开的那个美好的国度……但就是在意大利,他也没有

①意大利佛罗伦萨的宏伟建筑。
②阿洛利(1577—1621),意大利雕刻家。
③公元前六世纪,巴比伦国王尼布加尼萨征服耶路撒冷,拆毁庙宇,把许多犹太人流放到巴比伦去,妇女汝底忒杀了该王部下的将军荷罗佛尼斯,救了她的同胞。

见过这样美丽的少女。少女凝神屏息,大气也不敢出,呼吸很不均匀,一直在期待兄弟缓过气来。

萨宁毫不懈怠地揉搓,不仅偷眼看那少女,邦塔列沃勒古怪的容貌也引起了他的注意。老人累极了,喘不过气来,每刷一下都要牵动全身,一面可怜巴巴地哼哼着。他那一头乱蓬蓬的头发被汗水浸透了,垂在两边,摇来晃去,像被流水冲净了的植物须根。

"至少得把靴子脱掉。"萨宁对他说。这不同寻常的场面使鬈毛小狗非常兴奋,它的前爪匍匐在地,狺狺地叫了起来。

"Tartaglia! Canaglia!(意语:塔尔塔立亚!贱东西!)"老人嘘声斥道。

就在这个时候,少女的面容起了变化。她双眉上扬,眼睛睁得更大,因为快活,容光焕发了……

萨宁一瞧……少年的双颊有了血色,眼皮颤动,鼻孔翕张。他从仍然紧咬着的牙缝里长吸了一口气,缓过气来……

"爱弥儿!"少女叫道,"我的爱弥儿!"

一双非常之大的黑眼睛,慢慢地睁开了。眼神仍然呆滞,不过已经略带笑意了。苍白的嘴唇边同样挂了一丝笑意。然后他动了动他那垂着的臂膀,用力把它拖到胸脯上放着。

"爱弥儿!"少女又站起来叫道。她脸上的表情又活泼,又紧张,仿佛马上要倾泻出眼泪,又像是要迸发出笑声。

"爱弥儿,怎么啦?爱弥儿!"门外传来了叫声,一位衣着整洁,头发灰白,肤色黧黑的太太急步走了进来。紧跟在她后面的,是个上了年纪的男人。一个女佣人的头,在他肩后时隐时现。

少女跑着迎上前去。

"他得救了,妈妈,他活着呢!"她叫了起来,紧紧地搂着这位太太不放。

"到底是怎么回事呢?"这位太太又问,"我回来的时候,在路上遇见了医生和路易斯。"

少女开始向妈妈诉说事情的经过。医生走向病人。病人已经渐次恢复了知觉,一直在微笑。他好像很为他引起的这场虚惊感到抱歉。

"唔,你们用毛刷子给他揉搓过了,"医生对萨宁和邦塔列沃勒说,"做得很对。好主意……现在我们再来看看,还需要做些什么……"

他给病人诊了脉,"唔,把舌头伸出来看看。"

那位太太很关心地俯身察看她的儿子。他笑得更明朗了，抬眼看她，脸红了起来。

萨宁觉得自己再待下去就碍事了，于是往前室走去。他刚刚摸到店铺的门把手，少女就走出来，拦住了他。

"您要走了吗？"她问，很和善地瞧着他，"我不留您，可是您一定得答应晚上再来。我们都非常感谢您，多亏了您，要不然我的兄弟就没命了。我们想对您表一表谢意——这是妈妈的意思。您一定得告诉我们您是谁，并且来分享我们的快乐。"

"可是，我今晚要去柏林。"萨宁结结巴巴地说。

"耽误不了您的时间，"少女起劲地反驳道，"过八点钟您再来，和我们一起喝一杯可可。答应啦？我得回我兄弟那儿去了。您会来的吧？"

萨宁除了从命，还能怎么办呢？

"我会来的。"他说。

可爱的人儿飞快地握了握他的手，就赶紧跑开了。萨宁转眼之间便走出店门，来到了街上。

四

一个半小时以后,萨宁回到了洛色里甜食店,他在这里受到了亲人般的款待。爱弥儿还是坐在原来给他揉搓时躺过的沙发上;医生开了药,嘱咐他的家人"要非常小心,不要刺激他的情绪",因为病人是个情绪容易激动的人,且有心脏病的征兆。他以前也昏厥过多次,但是从来没有这次这么厉害,拖这长时间。不过医生说,他现在已经完全脱离危险了。爱弥儿像大病初愈的人那样,身上裹着一件宽大的晨衣,他母亲在他脖子上围了一条蓝色的毛披巾。他的样子很高兴,好像在过节,全家也都是节日气氛。沙发旁边放着一张铺着干净桌布的圆桌,中间放了一个硕大无比的瓷咖啡壶,里面装满了香喷喷的可可,壶的周围摆着茶杯、满盛果子露的玻璃瓶、饼干、小面包，还有鲜花。在两个老式的多枝银烛台上，燃着六支细细的蜡烛。沙发的一边，有一个柔软的福禄特尔式的安乐椅，大家让萨宁坐在那上面。甜食店里所有的人都来了，萨宁已经全都认识。连鬈毛小狗塔尔塔立亚和那只猫也不例外。大家都有说不出的高兴，鬈毛小狗快活得直打喷嚏；只有那只猫无动于衷，仍旧眨着眼睛，在那里讨好献媚。

大家要萨宁说说他姓甚名谁，是哪里人，干什么的。当他说出他是俄国人的时候，两位女士都惊叹起来，同声夸奖他的德文说得好极了；不过她们又说，要是他高兴说法国话，只管说，因为她们完全听得懂法国话，讲起来也毫不费力。萨宁马上照办了。"萨宁？萨宁！"两位女士从来没想过一个俄国姓氏叫起来会这样容易。他的名字德米特里也妙极了。上了年纪的太太说，她年轻的时候，听过一出非常动人的歌剧，叫作《德梅特里奥和波利比奥》，不过德米特里比德梅特里奥好听多了。萨宁这样谈了个把钟头，两位女士也详详细细把她们的生活情况告诉了他。多半是满头银发的母亲说的。她告诉萨宁，她的名字叫列诺尔·洛色里，是个寡妇，丈夫基约瓦尼·巴底士塔·洛色里二十五年前在迈因河畔的法兰克福开了这个甜食店。巴底士塔是意大利东北威桑斯州人，为人正直，但是脾气不大好，爱跟人吵嘴，此外还是个共和派！说到这里，洛色里太太指了指沙发上方他的一幅油画像。这位画家——洛色里太太叹了口气说，"也是个共和派①"，画得不很像，把已故的基约瓦尼·巴底士塔画得像个面色阴沉的强盗，派头跟瑞纳尔多·瑞纳底尼②一样。洛色里太太是美丽古老的巴马城③的人，不朽的柯雷焦④曾经把那儿一个教堂的穹窿，用壁画描绘得金碧辉煌。但是她长期住在德国，差不多完全日耳曼化了。她凄然摇着头说，她的亲人，就只有这一儿一女了（说着，她用手一个一个指着他们）；女儿叫吉玛，儿子叫爱弥儿。他们都是好孩子，很听话，尤其是爱弥儿……

"我不是也很听话吗？"女儿打断了妈妈的话。

"哼，你呀，你也是个共和派！"妈妈回答说。

她接着又说，当然啰，生意不如丈夫在世的时

① 即反对君主制，主张资产阶级民主的派别。
② 瑞纳尔多·瑞纳底尼，德国小说家伏尔普斯（1762—1827）所写小说中的主人公，为绿林好汉的首领。
③ 意大利北部城市。
④ 柯雷焦（1494—1534），意大利巴洛克风格画家。

候好了,他在甜食业方面真是一把好手……("Un Grand uomo! 一个了不起的人!"邦塔列沃勒非常严肃地说。)不过上帝保佑,总算还过得去。

五

吉玛听妈妈说话的时候,一会儿笑,一会儿叹气,一会儿轻轻地抚摸妈妈的肩头或半嗔半喜地用手指指点妈妈,并不时看看萨宁。末了,她站起来,双臂搂住妈妈,亲她的脖子和下巴底下,弄得她一个劲儿地笑,并尖声叫了起来。

萨宁对邦塔列沃勒的情况也有了些了解。他在国立歌剧院当过男中音歌手,但脱离舞台生涯多年,已经成了洛色里一家的家庭成员了——地位介乎这一家的朋友和佣人之间。虽然他长期住在德国,可是德语说得很不好,只会生搬硬套地说几句骂人话。他差不多把所有的德国人都叫作"Феррофлукто спиччебуббио"①，他的意大利语说得很漂亮，因为他本是意大利希尼加里亚人，在那里至今还可以听到 lingua toscana in bocca romana（罗马口音的多斯加尼语）。

爱弥儿像刚刚逃脱了大难，或者大病初愈的人那样，心情非常舒畅，任凭大家娇惯他。显而易见，他是全家的宠儿。他腼腆地向萨宁道了谢，专心致志地喝果子露、吃糖果。大家劝萨宁喝了两杯香甜可口的可可，吃了一大堆饼干。一片还没有吃完，吉玛又递过来一片，怎么能拒绝她呢？他很快就感到无拘无束，像在自己家里一样。时间过得出奇地快。他得告诉大家许许多多事情：俄国的一般情形、气候、社会，俄国农民，特别是哥萨克人；一八一二年的战争、彼得大帝、克里姆林宫、俄国民歌，乃至教堂里的大钟。两位女士对我们这个遥远辽阔的国度，只有个非常模糊的概念。洛色里太太，或者像一般人通常叫的，伏劳列诺尔（德语：Frau Lenore，即列诺尔太太）简直把萨宁弄糊涂了，她问萨宁上个世纪在圣彼得堡造的冰屋，是不是还在。她最近在她去世的丈夫留下的一

① 发音拙劣的德语，意为"坏蛋"。

本名叫 *Bellezze delle arti*（《艺术之美》）的书里，读过一篇讲到冰屋的非常有趣的文章。萨宁忍不住叫了起来："难道您以为俄国永远没有夏天吗?"列诺尔太太承认，她以前一直以为俄国这个国家永远是冰天雪地，人人穿皮大衣，所有的男子都是军人，但是非常好客，农民们全都很驯服。萨宁竭力想给她和她的女儿介绍一些切合实际的情况。话题一转到俄国音乐方面，大家马上请他唱一首俄国歌，把屋角一架竖式小钢琴指给他看，钢琴的白琴键是黑的，黑琴键是白的。他不等人再次恳求，就用右手的两个指头和左手的三个 (大拇指、中指和无名指)，勉勉强强弹了起来，并且用稍微带点鼻音的男高音，先唱了首《红色的萨拉凡[①]》，然后又唱了首《沿着人行道》。女士们夸赞他的嗓子和曲调，尤其欣赏俄国语言的柔和优美，要求他把歌词翻译出来。萨宁满足了她们的要求，然而《红色的萨拉凡》，特别是《沿着人行道》（他按原意译作：sur une rue payée une jeune fille allait àl'eau[②]），并不能使他的听众对俄罗斯诗歌有个强烈的印象。于是他先朗诵，后翻译，最后唱了格林卡谱曲的普希金的诗：

①俄罗斯妇女常穿的无袖衫。
②"在一条铺石的路上，一个少女去到水边。"

"我想起了那幸福的时刻……"在一些小地方未尝没有一点走调。这一回,两位女士热心起来了,列诺尔太太发现俄国话和意大利话有惊人的近似之处,例如俄语的"立即"(Мгновенье)很像意语的"哦来吧"(o, vieni);俄语的"和我一起"(со мной)很像意语的"这是我们"(siam noi),等等。就是一些人名,例如格林卡和普希金(她说成普色金),听起来也很耳熟。萨宁也请求两位女士唱个歌,她们马上答应了。列诺尔太太坐到钢琴边去伴奏,和吉玛合唱了几支二重唱曲和 Stirnolli[①]。母亲从前一定有过很美的中音嗓子,女儿的声音弱一点,却很悦耳。

① 一种意大利民间小调。

六

但是萨宁欣赏的,不是吉玛的嗓音,而是她本人。他坐在少女身后稍偏一点,心中暗自思忖,就是棕榈树——哪怕是在当时最出风头的诗人宾涅基克托夫①诗里的——也比不上她身材的优雅苗条。当她唱到最富于感情的地方,眼睛举向天花板的时候,他真觉得连老天爷也要因为这一望而动情了。老邦塔列沃勒靠在门框上,宽大的领结把下颌和嘴都遮得严严的。他带着一副知音者的神情,郑重地听着——他也很欣赏那少女的美丽——尽管这种场面他肯定已经见过多次了。

①宾涅基克托夫(1807—1873),俄罗斯诗人,他诗中表现的热情矫揉造作,曾受到别林斯基的严厉批评。

唱完了二重唱，列诺尔太太说，爱弥儿原来有个很好的金嗓子，不过他已经到了嗓音起变化的年龄（的确，他说话的声音沙哑低沉），不宜唱歌。但是，为了款待客人，请邦塔列沃勒显显当年的身手怎么样？邦塔列沃勒立刻做出一副很不情愿的样子，紧皱双眉，用手搔了一下头发，说是已经多年不干这个了，不过又说，他年轻的时候，倒也从不示弱。他属于那个歌者和唱功都十分地道的伟大时代，唱的都是些古典歌曲，和如今那些大喊大叫绝不相同。他邦塔列沃勒·岂巴妥拉·德·瓦列沙，曾在摩德纳①荣获过桂冠，当时剧场里还放出了白色的鸽子。一位俄国亲王 il principe Tarbusski（塔布斯基亲王），跟他有过很深的交情，共进晚餐的时候总是一再邀请他到俄国去，许给他成堆的黄金，成堆的！但是他舍不得离开意大利，il paese del Dante!（那是但丁的祖国！）后来，当然啰，遭遇了不幸……自己也不够检点……说着，老人停住了，低下头，深深叹了口气，接着又谈起歌唱的古典主义的时代，和他无限敬仰的著名男高音歌唱家加尔齐亚。

"他真是个人物！"他叫道。"il gran Garcia（伟大

①意大利北部一个市镇。

的加尔齐亚)从来不会降低身份,像现在那些无聊的 Les tenoracci——高音歌手——那样,用假嗓门唱歌。他用的都是 voce di petto(胸腔共鸣)。不错!"老人用他那枯瘦细小的指头用力拍着他胸襟上的花饰。"了不起的演员!像一座火山,signori miei(我的先生们),Un Ve-suvio(一座维苏威火山①)!我曾经非常荣幸地和他同台唱过 dell'illustrissimo maestro Rossini(著名的洛西尼②大师)的歌剧奥赛罗。加尔齐亚演奥赛罗,我演雅各。当他唱到这一句时——"说到这里,邦塔列沃勒摆出一副姿态,用颤抖、沙哑,然而很富于感情的声音唱起来:

"L'i…ra daver…so daver…so il fato lo piùno…no…no…non temerò!"

(意语:真的生气了……我确实知道……这是天意,我不再害怕!)

"整个剧场都震动了,signori miei(我的先生们)!我也不甘示弱,我接着唱道:

"'L'i…ra daver…so daver…so il fato Temèr piu non davro!'"

①意大利有名的火山。
②洛西尼(1792—1868),意大利著名歌剧作曲家。

（意语：真的生气了……我确实知道……这是天意，我再也不应该害怕！）

"而他，像闪电，像猛虎，突然迸出了歌声：'Morro…ma vendicato…'（我愿死……但我先要报仇……）而且，你听，当他唱……当他唱 Matrimonio Segreto① 中的著名咏叹调 Pria che spunti（意语：在我上马之前）的时候，他，il gran Garcia（伟大的加尔齐亚）在 I cavalli di galoppo（飞跑的马）这一句之后，接着唱 senza posa caccier（意语：她将不停地奔驰）这一段。你听，多么美妙……"

老人奋力要唱出一种难度很大的花腔，但刚唱了十来个音符，就走了调。于是他咳了一声，挥了挥手，掉开头去抱怨道："让我安静一下吧，为什么要来折磨我？"

吉玛立刻从椅子上跳起来，一边拍手，一边叫："好呀！好呀！"一面向可怜的退休了的邦塔列沃勒跑去，用双手亲切地拍他的肩。只有爱弥儿哈哈大笑。拉·丰登② 早就说过："在这种年纪是没有怜悯心的。"

萨宁为了安慰那可怜的歌手，便用意大利语和他

①意为"秘密结婚"，这是意大利作曲家琴马洛兹所作的歌剧。
②拉·丰登（1621—1695），法国诗人。

攀谈起来（他最近旅行了这么一趟，学得了几句意语）。他说起 Paese del Dante，dove il si suona（意语：他所歌唱的但丁的国土）和 Lasciate ogni speranza（意语，引自但丁：抛弃了一切希望），这两句是我们这位青年旅行家所掌握的意大利诗囊中的全部内容。但是他的话没有打动邦塔列沃勒，他把下巴更深地埋进领结里，阴郁地瞪着眼睛，看起来更像鸟儿了，而且还是一只发怒的鸟——一只大乌鸦，或者鸢鸟。于是爱弥儿像一般娇养惯了的少年那样，突然微微地红了脸，转过头去对姐姐说，要是她乐意款待一下客人，最好是读一段马尔茨的喜剧给他听，那是她的拿手好戏。吉玛笑了起来，在兄弟手上拍了一下，说是只有他才想得起来这样稀奇古怪的名堂！可是她还是马上走进房里，拿了一本小小的书出来，就着烛光坐在桌前的靠背椅上，看了看大家，用一种纯属意大利式的动作，举起了手指，好像是在说"请安静"！然后开始朗诵。

七

马尔茨是十九世纪三十年代法兰克福的一位作家,他用当地方言写了一些短小轻松的喜剧,笔调幽默,刻画了一些当地的典型人物,虽然有欠深刻,却相当明快有趣,吉玛的确很会朗诵——简直就像职业演员一样。她充分运用了意大利血统给她带来的表演才能,把每一个人物的性格,都尽善尽美地表达出来。当她表演到疯疯癫癫的丑老婆子,或者蠢笨如牛的乡长时,她丝毫不顾惜她银铃般的嗓子和美丽的容貌,做出最可笑的鬼脸,挤眉弄眼、皱起鼻子、装大舌头、尖声叫唤……她朗诵的时候,自己从来不笑。不过,要是她的听众(邦塔列沃勒除外,他一听她提起 quel ferroflucto Tedesco——那可恶的德国人时,就不高兴地拔脚走掉了）用一阵哄笑把她的朗诵打断，她就索性让书落到膝头上，痛痛快快地笑个前仰后合，直笑得她那一卷卷的黑发在脖子上和抖动着的肩膀上跳个不停。但是只消大家的笑声一停，她马上拿起书来，重新恢复她原有的适当表情，郑重地念起来。萨宁心里对她赞叹不止——最使他惊讶的是，这样绝世的美貌，却能随意做出滑稽、有时甚至是平庸的表情来。吉玛对于所谓jeunes premières（法语：年轻女主角）的角色，念得比较差劲。恋爱场面更不成功。她自己也意识到这一点，所以凡是念到这种地方，口气总是略带讥讽，仿佛她对这些山盟海誓和甜言蜜语都信不过，而剧作者自己也尽可能回避这种场面，往往一笔带过。

时间消逝在不知不觉之中，直到时钟敲了十点，萨宁才想起来他还得上路。他像被什么蜇了一下似的，猛地跳了起来。

"怎么啦？"列诺尔太太问。

"我今晚还得动身到柏林去——我已经预订了邮车的座位。"

"邮车什么时候启程呢？"

"十点半钟。"

"那您已经晚了，"吉玛说，"别走了吧……我再给您念点东西。"

"您把车钱全付了呢,还是只给了一部分订金?"列诺尔太太追根究底地问。

"全付了。"萨宁难受地叹了口气说。

吉玛眯起眼睛看了看他,笑了。

"怎么?"她妈妈用责备的口气对她说,"这位年轻的先生丢了钱,你还笑!"

"不要紧,"吉玛说,"这点钱不会使他破产,我们想法来安慰他吧。您喝点柠檬水怎么样?"

萨宁喝了杯柠檬水,吉玛又念起马尔茨的作品来,大家又恢复了刚才的欢乐。

时钟敲十二点,萨宁起身告辞。

"您一定得在法兰克福多待几天,"吉玛说,"您急什么呢?别处不见得就比我们这里好,"她顿了一下,"真的不见得!"她笑着又说了一句。

萨宁没有回答,心里盘算,不管自己愿意不愿意,口袋里空空如也,只好留在法兰克福了,得写信给柏林的一个朋友去借钱,等有了回音,才能走。

"是呀,留下吧!"列诺尔太太说,"我们要向您介绍吉玛的未婚夫克律伯先生。他今天没有来,因为铺子里太忙……您也许已经在大街上看见过了——本市一家最大的布匹绸缎店。他是那儿的店员领班,他一定很愿意认识您。"

这消息使萨宁——上帝知道为什么——感到有点不愉快,脑子里闪过一个念头:"幸运的未婚夫!"当他看着吉玛的时候,他觉得他在少女的眼睛里发现了一种讥嘲的意味。他再度告辞。

"明天见。您明天会来的,不是吗?"列诺尔太太问。

"明天见。"吉玛说,不是询问,而是肯定的口气,仿佛这已经不成问题了。

"明天见。"萨宁回答。

爱弥儿、邦塔列沃勒和小狗塔尔塔立亚一直把他送到街道的转角处。邦塔列沃勒忍不住对吉玛的朗诵说了几句不满意的话。

"她真不知道害臊!做怪相,尖声尖气——una carreuna carricatura(一副滑稽相)!她应该选《默洛普》[①]或者《克里特莱斯特》[②]那样一些伟大的、悲剧性的作品才对。她倒乐意去模仿那些讨人厌的轻浮的德国女人!这个我也会做……Mehrz, kerz, schmerz(音译为:

[①]意大利作家马费(1675—1755)写的悲剧。
[②]马费创作的另一个著名悲剧。

迈尔茨、海尔茨、施迈尔茨）……"他翘起下巴,伸开手指,用沙哑的声音喊道。

塔尔塔立亚对着他叫了起来,爱弥儿也哈哈大笑。老人突然转过身走了。

萨宁回到"白鹅饭店"(他把行李留在那儿的大厅里了),有些头昏脑涨。所有那些德语、法语、意大利语的谈话声,还嗡嗡地在他的耳朵里响着。

"未婚妻!"他在旅馆的一间便宜房间里睡下的时候,不禁悄声自言自语起来,"真是个美人儿!然而我为什么要留下来呢?"

第二天,他写了封信给他在柏林的朋友。

八

他的衣服还没有来得及穿好,一个茶房便来通知他说,有两位先生来访。原来一位是爱弥儿,而另一位——高大强壮、仪表堂堂、五官端正的年轻人——则是美丽的吉玛的未婚夫——卡尔·克律伯先生。

走遍法兰克福的商店,你也找不到像克律伯先生这样体面、有礼貌、稳重,同时又十分殷勤周到的店员领班。他那无懈可击的衣着,和他那庄重的举止、翩翩的风度非常相称——当然啰,略有一点庸俗、拘谨,有些英国风味(他在英国住过两年)——然而还是风雅可掬。一眼望去,就可以看出这位体面、老成持重、极有教养、梳洗得很干净的年轻人,惯于奉承上司,指挥下属,只消在铺子的柜台后面那么一站,他准能赢得顾客们的尊敬。人们对他那超乎自然的诚实绝不会有一丝一毫的怀疑——你只需朝他那浆得笔挺的硬领看上一眼,就没法不信服。他的声音也恰到好处——圆润、深沉又富于自信,不很洪亮,然而柔和动听。这样的声音用来向下级店员发号施令,真是再合适不过了,"把这匹猩红的里昂绒拿出来看看!"或者"给太太拿把椅子来!"

克律伯先生一开始先作了自我介绍,非常有气派地欠了欠身子,趋奉着向前迈了迈步,然后彬彬有礼地碰了碰脚跟,使人不由得要想:他的内衣和人品肯定都是第一流的。他那没戴手套的右手(左手套着一只翻皮的小羊皮手套),拿了一顶亮得像镜子般的大礼帽,里面放着另一只手套;那右手的模样真是难以置信地完美——每一个指甲都是艺术的杰作。他就用一副谦恭而又自信的神气,把这只手伸向萨宁。他以最最文雅的德语宣称,他想对外国先生表示他的敬意和感激之情,因为先生对他未来的亲戚,他的未婚妻的兄弟出了很大的力。他一面说,一面用拿着帽子的手向爱弥儿的方向指点着。爱弥儿仿佛有些发窘,手指头放在嘴里,转脸对着窗户。克律伯先生又说,要是他能为外国先生效劳,就太令人高兴了。萨宁用不大流利的德语回答说,他也十分愉快……他不过做了一点微不足道的事,不足挂齿,并请求客人坐下。克律伯先生向他道了谢,以异乎寻常的敏捷撩起礼服的后襟,在一把椅子上坐下。但他坐的是那样的轻,那样不牢靠,使人不禁要想:他不过是出于礼貌才在这里坐一坐,马上就会起身走掉的。果然,几分钟以后他就起身告辞,很谨慎地向前迈了两小步,仿佛在跳舞,然后说他很抱歉,不能再坐下去了,因为他得赶回店里去——生意最要紧——但是,明天刚好是星期日,他得到列诺尔太太和吉玛小姐的同意,安排了一次去索登的旅游。他不胜光荣地请外国先生也去参加,并且斗胆希望先生会不吝启动大驾光临。萨宁没有拒绝。于是,克律伯先生再度表示敬意之后,就离去了,他那颜色十分柔和的豆绿色长裤闪着光,华美的新靴的鞋底也响得极其悦耳。

九

尽管萨宁一再请他坐下,爱弥儿还是一直站在窗口朝外看。等他未来的亲戚一迈出门口,他就转过身来,红着脸,孩子气地噘着嘴问萨宁,他能不能再待一小会儿。

"我今天觉得好多了,"他说,"但是医生不让我做事情。"

"就在这儿玩吧,一点儿也不碍事。"萨宁马上叫了起来。他像所有真正的俄国人一样,非常高兴能有个借口闲待着。

爱弥儿说了声谢谢,很快就和萨宁相处得亲密无间,还熟习了他的屋子。他仔细瞧看萨宁的东西,差不多每一样都要问:在哪儿买的,花了多少钱。他帮着萨宁修面,劝他留一撮小胡子,还跟他讲了许多知心话,讲关于他母亲、姐姐、邦塔列沃勒乃至鬈毛小狗塔尔塔立亚的许多琐事和他们的生活起居。他一点儿也不觉得拘束,很快就和萨宁亲热起来,这倒并不是因为萨宁昨天救了他的命,而是因为他的确是个非常和蔼可亲的人儿!他迫不及待地把自己所有的秘密都告诉了萨宁。他着重说明,妈妈决心把他造就成一个店员,可是他非常自信他天生是个艺术家、音乐家、歌手;戏剧才是他真正的天禀,连邦塔列沃勒都鼓励他,只有克律伯先生站在妈妈一边(他的话对妈妈很有影响),出主意要妈妈把他造就成商人。克律伯认为经商是至高无上的职业,卖呢绒布匹、欺骗顾客、要他们付出 Narren-oder Russen-Preise(愚人的或俄国人的价钱)①——这些就是他的理想。

"喏,该是到我们家去的时候啦!"萨宁刚刚梳洗完毕,写好寄往柏林的信,爱弥儿就大声说道。

"还太早呢。"萨宁说。

"那有什么关系,"爱弥儿偎依着他回答,"走吧!先上邮局,再到我们家。吉玛看见您一定很高兴!跟

---

①以前(如今也几乎没有改变),当俄国人大批来到法兰克福的时候,店铺里的货物都要涨价,因此就称为俄国人的或愚人的价钱。

我们一起吃早饭吧……您去跟妈妈谈谈我的事儿,谈谈我的前途……"

"好吧,那就走吧!"萨宁说,于是俩人一起出了门。

十

吉玛看见他非常高兴,列诺尔太太也很亲切地招待他。他昨天显然给她俩留下了很好的印象。爱弥儿悄悄在萨宁耳边说了一句:"可别忘记了。"就跑过去料理早饭了。

"忘不了。"萨宁回答。

列诺尔太太有点不舒服,偏头疼,斜靠在一把躺椅上,尽可能少活动。吉玛穿了一件宽大的黄色罩衫,腰里系了一条黑色的皮带。她也面带倦容,脸色有一点苍白,眼睛周围起了黑圈;可是这丝毫没有减却她眼睛的神采,而那脸色的苍白恰恰使她那十分典雅庄严的面容增添了一种神秘、迷人的色彩。今天使萨宁赞叹不止的,是她那双手的纤巧美丽——当她抬起手来整理她那乌黑发亮的鬈发时，他的眼睛简直舍不得离开她的手指，细长、柔软、优美雅致，像拉斐尔[①]画的福娜瑞娜[②]一样。

天气很热，萨宁吃完早饭就起身告辞，可是大家对他说，像这样的天气，最好是待着不要动——他同意了，留下来没有走。他和他的两位女主人所在的这间后屋，非常舒适凉爽；窗户外面是座小花园，种有许多金合欢树。浓密的树丛中间，满布金黄色的花朵，无数蜜蜂、细腰蜂和大黄蜂嗡嗡地唱得正起劲——它们那嗡嗡不绝的叫声从半开着的百叶窗和放下来的窗帘外面袭进，说明室外的空气已经热不可耐，而浓荫深处的这间阴凉舒适的屋子就显得更宜人了。

萨宁一如昨天，说了很多话，但谈的并不是俄国，也不是俄国的生活。早饭后他的少年朋友被打发到克律伯先生那儿学簿记去了。为了使他欢喜，萨宁把谈话引向比较艺术与商业的利弊方面。列诺尔太太赞成经营商业，这他并不觉得奇怪，因为是在他预料之中的；可是吉玛竟和他的意见一致，这就出乎他的意外了。

[①]拉斐尔（1483—1520），文艺复兴时期意大利名画家。
[②]福娜瑞娜是拉斐尔所爱的罗马美人，拉斐尔给她画了一张肖像，很著名。

"要做个艺术家——特别是歌唱家，"她说着，用力地做了一个手势，"就得做第一流的，否则就没有意思，可是谁有把握能达到这样的境界呢？"

邦塔列沃勒也参加了这番讨论（他是多年的老仆，又是长者，有资格和家主平起平坐；再说意大利人也不太拘礼），他当然是全心全意为艺术说话的。老实说，他的论点不大站得住脚，他首先指出最重要的是要有 d'un certoestro d'inspirazione（即一种由灵感产生的冲动）。列诺尔太太反驳说，他自己无疑是具有这种 estro 的，然而……

"那是因为有人和我作对呀。"邦塔列沃勒绷着脸说。

"就算爱弥儿具有这种 estro 吧，你又怎么拿得稳没有人会和他作对呢？"列诺尔太太按照意大利人的习惯，亲切地称他为"你"。

"那好吧，就叫他当个小商人去吧，"邦塔列沃勒生气地说，"基约瓦尼·巴底士塔就不会这么办。别看他自个儿是个卖甜食的商人。"

"啊，基约瓦尼·巴底士塔，我的丈夫，他可是个深谋远虑的人，虽说年轻的时候也醉心于……"

老人不听她的，转身走了出去，一面还生气地嘟嚷着："哦，基约瓦尼·巴底士塔！"

吉玛激动地说，要是爱弥儿出于爱国的心肠，打算把自己的全部精力贡献给意大利的解放事业，那么为了这样一个崇高、神圣的事业，牺牲自己的锦绣前程是可以理解的——然而为了舞台生涯去作这种牺牲，却不值得。列诺尔太太听到这里，显得有些不安，她恳求她的女儿不要把兄弟引入歧途，说是家里有了吉玛这么一个不可救药的共和派，已经够人受的了。说完了这些话，列诺尔太太呻吟起来，说头痛得很，脑袋都"快炸开了"。（列诺尔太太为了对客人表示礼貌，用法语对女儿说话。）

吉玛马上跑过来照顾妈妈，先在她额上抹了一点科隆香水，轻轻地给她吹干，温柔地吻她的面颊，在她头底下塞了个枕头，不许她说话，然后又亲吻了她一番。随后她转过身来对着萨宁，告诉他她母亲是怎样的了不起，从前是何等的美丽。她说这话时，虽然用的是玩笑的口吻，却也是真情的流露。"岂止从前美丽——她现在也很美呀。您看看她，看看她的一对眼睛多么漂亮！"

吉玛很快从口袋里拿出一条白色的手绢，把妈妈的脸盖上，然后一点一点地向下拉，先露出列诺尔太太的前额，接着是眉毛和眼睛，她停顿了一下，然后叫妈妈睁开眼睛来看她。妈妈任她摆布。吉玛大声赞叹起来（列诺尔太太的眼睛的确很美），很快地把手绢拉过脸的下半部，这下半部不如上一半那么周正，于是又在她满脸上亲吻。列诺尔太太禁不住笑了起来，把脸转向一边，做出好像要把女儿用力推开的样子。吉玛也假装和母亲打闹，实际上却在抚爱她——不是法国式的柔媚，而是意大利式的娇憨，其魅力是可想而知的。

后来，列诺尔太太说她觉得疲倦……吉玛劝她就在躺椅上打个盹儿。"而我呢，"她说，"我就 avec le monsieur russe（法语：和这位俄国先生一起），保持安静，很安静，comme des petites souris（法语：像小耗子一样）。"列诺尔太太微笑了一下作为回答，然后闭上眼睛，叹了一两口气，就打起盹来了。吉玛轻捷地在她身旁的小凳上坐下来，一动也不动。萨宁只消稍微动一动，她就把手指放在嘴唇上——另一只手支撑着她妈妈靠着睡的那个枕头——告诫地发出一声轻微的"嘘"声，并且用眼睛斜睨他。结果萨宁也一动不动，迷迷糊糊，仿佛着了魔，身心都被这眼前的景象迷住了。在这间半明半暗的屋子里，一些古色古香的绿玻璃杯里插着盛开的玫瑰,星星点点,闪烁着花儿火焰般的红光,这位睡着了的女人,双手庄重地交叉着,雪白的枕头衬着她那和善而又疲倦的面容;这位年轻的人儿机敏又多情——她也是那么善良、聪明、纯洁,且又绝顶的美丽。她的眼睛是那么黑、那么深,在睫毛的阴影下,显得那么明亮……这一切是怎么回事?梦境?神仙故事?他怎么会到这里来的呢?

十一

外间铺面的门铃响了。一个戴毛皮帽子、穿红背心的年轻农民走进了甜食店。这是当天的第一个买主。"你看我们的买卖成个什么样子。"吃早饭的时候,列诺尔太太叹着气这样对萨宁说。这会儿她安然地睡着了;吉玛怕吵醒妈妈,不敢把手从枕头底下抽出来,她悄声对萨宁说:"你去帮我照应一下店里。"

萨宁马上踮起脚走进店面。这位年轻的农民要买三两薄荷糖。

"该跟他要多少钱呢?"萨宁低声向门里问道。

"六个阔泽尔①。"吉玛也低声回答。

---

① 一三〇〇年至一九〇〇年间德、奥、匈所用的一种辅币名。

萨宁称好薄荷糖,到处找纸。纸找到了,又卷成一个尖筒,把糖装进去。拆开、包好、又拆开、又包好,总算是包好交给买主,收了钱……年轻人吃惊地看着他,把帽子放在胸口上揉着;而在后屋里,吉玛坐着用手捂住嘴,想笑,又不敢笑出声来。这个买主还没有出去,第二个又进来了,随后是第三个……"看来我的运气不坏。"萨宁暗忖道。第二位顾客要了一杯清凉杏仁酪,第三位则要了半磅糖果。萨宁一一和他们周旋,稀里哗啦地忙着摆弄调羹、碟子,手指头飞快地在抽屉里、玻璃罐里掏摸着。后来一核算,他才发现杏仁酪卖得太便宜了,糖果又多要了两个阔泽尔。吉玛一直在小声地笑,萨宁自己也觉得说不出的痛快,精神异常振奋。他应该永远这样站在柜台后面,出售杏仁酪和糖果,有后屋里那个妩媚的人儿不断向他投来亲切的嘲弄眼光,同时夏日的太阳透过窗前栗树厚密的树叶照进来,使整个屋子都充满了正午浓绿的阴影和金色的光点。他的心沉醉在甜蜜的慵懒、无忧无虑的欢欣和青春——初萌的春情之中。

第四位顾客要一杯咖啡,这就得把邦塔列沃勒叫进来了(爱弥儿在克律伯先生的店里还没有回来)。萨宁回到里屋,又在吉玛身边坐下来。列诺尔太太还在睡,这使她女儿很满意。"妈妈只要好好睡上一觉,头就不痛了。"她说。萨宁把他做成了的"买卖"告诉了她——当然仍是悄声低语——他非常认真地打听甜食店里各种货物的价格,吉玛也同样认真地回答,俩人都不禁心中暗笑,仿佛都意识到自己是在演一出有趣的喜剧。突然之间,外面街上响起了卖艺人手摇风琴的声音,奏的是《弗莱旭茨》①中的曲子:"Durch die Felder,durch die Auen(德语:穿过田地,穿过沃野)。"如怨如诉的声音颤巍巍、呜咽咽,打破了宁静的气氛。吉玛吃了一惊……"他会把妈妈吵醒的!"萨宁连忙奔到街上,在那摇风琴的人手里塞了几个阔泽尔,把他打发走了。萨宁回来以后,吉玛轻轻对他点了点头表示感谢,然后沉思地微笑着,用几乎听不出的声音轻轻地哼起了魏伯尔②的名曲,即马克斯倾诉初恋的缠绵之情的那一段。随后她又问萨宁知不知道《弗莱旭茨》这出歌剧,喜不喜欢魏伯尔,说她自己虽然是意大利人,却顶顶喜欢这一类音乐。谈话不知不觉地从魏伯尔又谈到了诗歌、浪漫主义和当年红极一时的作家霍夫曼。

---

① 德国音乐家魏伯尔所作的歌剧。
② 魏伯尔(1786—1826),德国名作曲家。

列诺尔太太一直在睡，发出轻微的鼾声；太阳光从百叶窗狭窄的缝隙里透过来，难以察觉但又持续不断地在地板上、家具上、吉玛的衣服上和花儿的叶片和花瓣上移动。

十二

吉玛不大欣赏霍夫曼,甚至还觉得他……沉闷。他的小说里那些阴森、离奇的北方色彩和她那十分明朗的南方个性格格不入。"不过是些童话故事罢了,简直是写给小孩子看的!"她说,不无轻蔑之意。她仿佛觉得霍夫曼缺乏诗意。然而他写的有一个短篇,名字已经忘了,她却很喜欢。不过,说实在的,她喜欢的其实只不过是那故事开头的一部分——后半段她要么根本没读过,要么就是忘却了。故事讲的是一个青年人,在——对,就是在一处甜食店里,遇到了一位美貌非凡的希腊少女,这位少女无论走到哪里,都有一个形容古怪、神秘、凶残的老头子跟着。青年人对那少女一见钟情,少女也以哀怨的神情看着他,仿佛在恳求他去搭救她。他离开了一会儿,很快又回到甜食店,可是少女和老人都不见了。他连忙奔出去寻她,不断发现他们的踪迹,找了又找,但是不论他怎样奔波跋涉,始终还是没能找到她。不知名的美人儿永远地消失了,他再也无法忘却她那哀求的眼光。他时时为一种思想所折磨,觉得他终身的幸福,或许就从此一去不复返了……

也许霍夫曼的故事并不是这样结局的,但是在吉玛的记忆里,它的结局就是这个样子。

"我认为,"她说,"这样的相遇和离别,在实际生活里比我们想象的多得多了。"

萨宁沉默了好一会儿……过了一两分钟,他把话题转到了克律伯先生身上。这是他第一次提起他的名字,一直到现在,他一点儿也没有想起过他。

这下轮到吉玛沉默了。她若有所思地咬啮着她食指的指甲,眼睛别向一边。随后她忽然夸起她的未婚夫来,谈到他安排的明天的郊游。说完,她飞快地朝萨宁瞧了一眼,又不说话了。

萨宁绞尽了脑汁,不知道再说点什么好。

爱弥儿突然大声地跑进屋里来,把列诺尔太太吵醒了……萨宁看他进来感到很高兴,松了一口气。

列诺尔太太从躺椅上起了身。邦塔列沃勒进来说,午饭已经预备好了。这位一家之友,昔日的歌手、仆人,还兼任厨师的职务。

十三

午饭后,萨宁仍然坐着没有离去。大家还是说天气酷热,不放他走。待暑气稍退,大家又请他到花园里去,在金合欢树荫下喝咖啡。萨宁接受了邀请,心情非常舒畅。宁静、单调、平和的生活本来具有极大的吸引力,他以无上欢快的心情去领略它的乐趣,无所求于今日,忘记了昨天,也不去考虑明天。有吉玛这样一位少女在身边,够他销魂的了。他很快就得离开她,也许永远不再见面,然而,就像在乌朗①的叙事诗里一样,魔舟载着他们,渡过了生活的平静的溪流——呀,行路的人儿,享受吧,快乐吧!在幸福的

---

①乌朗(1787—1862),德国诗人、作家。

行路人看来，所有的一切都是可爱的、美满的。

列诺尔太太邀请他跟她和邦塔列沃勒玩一盘叫作"特列色特"的牌戏，教会他玩这种不很复杂的意大利牌，并且赢了他几个阔泽尔——这使他颇为高兴。邦塔列沃勒应爱弥儿的请求，让鬈毛小狗塔尔塔立亚显了显身手。于是塔尔塔立亚就从一根细木棍上跳过，说了几句话（就是汪汪地叫了一通），打了几个喷嚏，用鼻子尖去关门，给主人叼了一只旧拖鞋来；最后，还在头上戴了一顶旧军帽，扮演起白纳多特元帅来，洗耳恭听拿破仑皇帝对他的叛逆行为痛加斥责。不消说，拿破仑一角由邦塔列沃勒扮演，而且演得非常逼真。他两臂交叉在胸前，三角帽一直盖到眉毛上，用粗暴而又严厉的腔调说法国话，而且是怎样的一种法国话哟，伟大的上帝！塔尔塔立亚战战兢兢坐在主人的脚前，尾巴夹在两腿之间，诚惶诚恐地眨着眼睛，并且从歪戴着的军帽下面，不时投过来斜睨的目光。每当"拿破仑"提高了声音，它就用后腿站立起来。

"拿破仑"终于咆哮起来："Fuori, traditore!"（意语：滚，叛贼！）在极度的愤怒之中，他忘了应该自始至终扮演法国人。于是白纳多特放开腿逃到长沙发下面，马上又快活地叫着钻出来，好像是在告诉大家这场戏已经做完了。所有的观众都笑得前仰后合，而萨宁比别人笑得更厉害。

吉玛咯咯地笑个不停，笑声银铃般悦耳，间或还夹杂着几声非常好听的尖声叫唤……听着这些笑声，萨宁入了迷。为了这些好听的轻声叫唤，他真想不顾一切地吻她一下。

夜幕终于降临，他再也不能不起身告辞了。他一再和大家道别，轮流和每一个人都说了好几遍"明天见"（还拥抱了一下爱弥儿），然后回到了他的住处。少女的倩影仍然在他心头萦绕——她时而含笑，时而沉思，时而文静，甚至带着冷漠的神情——一颦一笑，无不妩媚可爱。她的美丽的眼睛有时大大地睁着，明亮、快活得像白昼；有时又用睫毛半遮着，暗而且深得像黑夜。它们流连在他的脑海中，遮没了所有别的形象，别的念头。这种感受在他来说是十分新奇而又甜蜜的。

至于克律伯先生，至于使他逗留在法兰克福的理由——总之，所有昨天还使他烦恼的一些事情，他如今统统置于脑后了。

十四

现在有必要对萨宁作一番介绍了。

首先,他是一个非常惹人喜爱的青年。高高的个子,身材修长典雅;五官清秀,但轮廓不甚分明;蔚蓝色的眼睛和蔼可亲,头发金黄,脸色白里透红。最要紧的,是他的性情单纯、开朗、坦白,容易信任别人,乍见之下往往使人感到他有一点愚钝。要是在从前,人们根据他这些马上就会看出来他出身于草原地带的贵族人家,即所谓"世家子弟",好人家的少爷,在富饶的南方的大自然环境里出生长大。他步态迟缓,口齿不很清楚,你若朝他看一眼,他一定会回报你一个孩子气的微笑……总之,他精神饱满,身体健康——性情柔和,柔和而又柔和——这就是整个的萨宁。此外,他并不愚蠢，而且还具备了一定的学识。尽管他现在是在国外旅行，却仍然显得精神饱满。看来当时一些最优秀的青年人的苦闷并没有来缠扰他。

我们时代的作家们在徒劳地追求了一番所谓"新型的人"之后，最近又开始创造出一种青年人，他们决心不惜一切代价，要保持自己的纯洁新鲜，新鲜得就像从弗仑士堡运到圣彼得堡的牡蛎一样。萨宁和他们毫无共同之处。如果一定要比的话，那他就像我们黑土的果园里一株刚刚嫁接的叶子还没有舒展开的小苹果树；或者，说得更恰当一点，他就好比是旧时贵族老爷马群里的一匹小马驹——一匹三岁的小马，机灵、肥壮、油光水滑、腿蹄粗大，刚刚套上辔头，可以骑用了。多年后人们再见到萨宁时，他已经被生活折磨得不像样子，青年时代的丰满圆润也丧失殆尽，完全换了一个人了。

第二天，萨宁还没有起床，爱弥儿就兴冲冲地闯进了他的房间。他穿着节日的服装，手里拿着一支手杖，头上抹了许多发蜡。他向萨宁报告说，克律伯先生马上就要乘坐马车来到，天气很好，大家都准备好了，可是妈妈不能去，因为她的头痛病又犯了。他催萨宁动作快点，说是一分钟也不能耽搁了。果然，克律伯先生进来的时候，萨宁还在梳洗。克律伯先敲了敲门，进屋深深一鞠躬，挺起他高贵的身子，说是他无论等多久都可以，然后坐了下来，把帽子很优雅地放在膝盖上。这位可敬的店员装扮华美，浑身喷香，一举一动都散发出浓烈的香气。他是坐着一辆宽敞的四轮敞篷马车来的，拉车的是一对高头大马，马匹的模样虽然说不上漂亮，倒也强壮有力。一刻钟后，萨宁、克律伯先生和爱弥儿就坐着这辆马车，挺有气派地驶到了甜食店门口。列诺尔太太断然拒绝和大家一起去野游。吉玛要留下来陪妈妈，可是妈妈硬把她推出了门。

"我谁也不需要，"她说，"我要睡觉。我本想叫邦塔列沃勒也去，不过店里也得有个人照料。"

"可以把塔尔塔立亚带去吗？"爱弥儿问。

"当然可以。"

塔尔塔立亚立刻欢快地跳上了驾驶座，在那儿舔起自己周身的毛来了。显然它对这样的外出游玩已经很习惯了。吉玛戴了一顶饰有棕色缎带的大草帽，前面的帽檐低低地垂着，使她脸的大部分都照不着太阳光。帽子的阴影一直遮到她嘴上，她的嘴唇像玫瑰花瓣那样又红又娇嫩，牙齿像小孩子的一样，稚气地闪着光。吉玛挨着萨宁坐在车子的后部,克律伯先生和爱弥儿坐在他们对面。窗口出现了列诺尔太太苍白的面孔,吉玛摇晃着白手绢向她告别,于是马儿就开始跑了起来。

十五

索登是个小镇,坐落在陶卢斯山的山嘴上,距离法兰克福约有半小时的路程。它风景优美,它的矿泉在我们俄国也颇负盛名。据说这种矿泉治肺病疗效很好。法兰克福的人到那儿去,多半是为了游玩,因为索登有个美丽的大公园,还有几处Wirtschaften(饭店),你可以在那儿的菩提树和枫树的浓荫里啜咖啡、喝啤酒。一条大路沿着迈因河的右岸蜿蜒开去,从法兰克福一直通向索登,路的两旁种着许多果树。

当马车稳稳当当地行驶在这条平坦美丽的大路上时,萨宁暗暗留心观察吉玛和她未婚夫之间的言谈举止。这是他第一次看见他俩在一起相处。她神色安详、泰然自若,只不过比平日稍微缄默矜持一点;而他呢，看起来则像个宽厚的上司，一任自己和下属在一起来点有益无害、趣味高尚的娱乐。萨宁看不出他对吉玛有什么特别的关注，从来也没有法国人所谓的empressement（热乎劲）。显然克律伯先生认为这件小事业已定局，无须再多找麻烦过分体贴，也无须再献什么殷勤了。他随时随地摆出一副屈尊俯就的架势！饭前大家花了许多时间在索登周围林木蓊郁的山坡和峡谷里漫步，哪怕就是在赏玩大自然的美景时，他对大自然也同样采取了恩赐的俯就态度，间或还流露出上司惯有的严厉神色。比如说，他指摘某一条小河沿着山谷流得太直了，应该更雅致地多拐几道弯才好；他也很不满意那只燕鸟，它低回的鸣啭实在太单调了。吉玛毫无倦容，看上去兴高采烈，然而萨宁却觉得她和昨天的吉玛完全不同了。她神采焕发，脸上毫无阴暗的表情，但是她的灵魂却似乎深深地隐藏起来了。她戴着手套，手里拿着撑开的阳伞，不慌不忙，颇为凝重地走着，一举一动，都合乎一个有教养的小姐的身份，而且很少说话。爱弥儿看起来很拘束，萨宁就更加如此了。别的不说，光是大家都用德语说话这件事，就使他颇为困惑。只有塔尔塔立亚无拘无束。它拼命地跑，狂叫着追赶它所惊起的鸟群；它跳越沟壑、树桩和放倒了的树杆，奋身纵入水里，贪婪地舔饮，抖干毛上的水，咆哮着，又箭也似的飞奔前去，红色的舌头伸出来，猛一转头，舌头几乎达到了肩部。在克律伯先生这方面，则做了他认为十分必要的事情来使客人们愉快。他请大家在一株枝叶茂密的大橡树的树荫下席地而坐，然后从口袋里抽出一本小书，书名为 *Knallerbsen—oder du sollst und wirst lachen*（《爆竹——你非笑不可》），然后就大声念起小册子里一则又一则极其可笑的趣事来了。他念了约有一打，但是并没有引出多少笑声。只有萨宁为了表示礼貌，勉勉强强作出了笑容，而克律伯先生总是在每段逸事的末尾，发出一声短促的、事务式的、屈尊俯就的笑声来。到正午十二点，全体都回到索登，到当地最好的小饭馆里去用餐。

于是该安排午餐的事了。

克律伯先生建议 im Gartensalon，即到一个四面不通风的园亭里去用餐。这时吉玛忽然坚决反对起来，说她一定要在花园的露天里，就在饭馆门前摆的那种小桌子上用餐；老看着那几张同样的面孔使她厌烦，她想换几张新面孔看看。已经有好些新来的人围着那些小桌子坐下了。

克律伯先生以宽容的态度顺从了他的未婚妻的"古怪想法"。当他跑去和茶房头儿商量的时候,吉玛一直站着不动,两眼看着地下,嘴唇紧闭。她觉得萨宁疑惑的目光始终没有离开她,这使她很不高兴。克律伯先生终于走了回来,报告说午餐将在半个钟头内准备就绪,提议在这当儿玩一会儿九柱戏,说是这样玩一玩,可以使胃口大开,嘿,嘿嘿!他滚木球滚得极好,在抛球之前,先摆出一副英武的架势,露出结实的肌肉,优雅地挥动胳膊,用一只脚支持身体站立着。他颇有运动员的风度,身体结实健壮。他的手是那样的白皙,那样的好看,他用来擦手的,是一块华丽考究用金线绣有许多图案的印度绸手绢!

午餐的时间到了,大家鱼贯地入了席。

十六

德国式的午餐是个什么样子,谁能不知道呢?淡而无味的汤,里面有一些疙里疙瘩的肉丸子和桂皮;干得像段软木似的白水煮牛肉,周围配了一些松泡泡的甜菜、剁碎的辣萝卜和浇有淡白色油脂的黏糊糊的马铃薯;一盆浇有醋浸刺山柑花的发青的鳗鱼;一盆果酱烤肉,还有一盆不可或缺的 Mehlspeise,就是一种浇有红色酸汁的布丁。幸而啤酒和葡萄酒都是上等的。索登的饭馆老板就用这样的饭菜来款待客人。午餐进行得还算顺当,但说不上热闹,就是当克律伯先生举杯敬酒,祝福"我们最亲爱的人(Was wir lieben)"的时候,也没有引起欢乐的气氛。一切都规规矩矩,合乎礼仪。饭后上了咖啡,就是那种淡淡的,棕黄色的地道德国咖啡。克律伯先生像个真正的上等人一样,请求吉玛允许他抽一支雪茄。就在这时,忽然出现了一件意外的事情,一件令人很不愉快,出乎常规的事情。

迈因区卫戍部队的几个军官围坐在邻近的一张桌子上。从他们的目光和唧唧哝哝的谈话中,不难听出吉玛的美貌引起他们的注意。其中的一个目不转睛地瞧着她,他可能到过法兰克福见过她,现在认出她是谁了。他突然站了起来,手里拿着酒杯——军官先生们已经喝了很多酒,桌子上摆满了酒瓶——朝着吉玛所坐的桌子走来。这人很年轻,头发金黄,五官端正,模样相当讨人喜欢;不过这时他喝多了酒,面容已经变了形,两颊的肌肉在抽搐,眼睛血红,眼珠傲慢无理地乱转。起初,和他一起喝酒的那些伙伴们还想阻拦他,后来也就撒开手不管了——说实在的,他们的确也很想看看事情到底会怎样发展。

这位军官迈着稍微有些飘忽的脚步走到吉玛面前站住,使劲想要流利地把话讲清楚,却不由自主地说得含含糊糊:"为了法兰克福的,也是全世界最美的咖啡小姐的健康干杯!"(说到这里,他把杯里的酒一饮而尽)"作为回赠,我要这朵由她美妙的手指亲自采摘的花!"

说着,他拿去了放在吉玛旁边的一朵玫瑰。她先是又惊又怕,脸变得死一般的惨白……然后恐惧变成了愤怒,脸一直红到头发根。她两眼盯着侮辱她的人,眼神黑沉沉、火辣辣,一会儿幽暗,一会儿因不可遏止的愤怒而闪烁着怒火。军官仿佛被她的眼光威逼得窘迫起来,含含糊糊咕噜了几句什么话,鞠了一躬,就回到他的朋友那边去了。大家用笑声和掌声欢迎他。

克律伯先生忽然站了起来,挺了挺身,戴上帽子,用不很高的声音昂然说道:"岂有此理,岂有此理!简直太放肆了!(Unerhört, Unerhörte Frechheit!)"他厉声叫茶房,要他马上算账……还吩咐把马车套好,说是有身份的人简直不能到这种饭馆里来,来了就会受到这样的侮辱。吉玛一直坐着没有动——胸脯急剧地起伏着——在他说这些话的时候,她两眼转向他……把适才射在军官身上的那种目光盯在他身上……爱弥儿气得发抖。

"您起来吧,Mein Fräulein(我的小姐),"克律伯先生说,口气还是很严厉,"您待在这里不大合适,进去吧,上饭馆里面去。"

吉玛一声不响地站了起来,他把胳膊伸给她挽住,然后迈着庄严的步子领着她朝饭馆里面走去,离出事的地点越远,他的神态越显得庄严、傲岸。可怜的爱弥儿跟在后面,十分烦乱。

克律伯先生去和茶房算账,为了刚才发生的事情,他一点小费也不给。这当儿,萨宁迅速走到军官们坐着的桌子跟前,用法语清晰地对那个适才侮辱了吉玛的军官(他正在让同伴们轮流嗅他的玫瑰)说:"先生,从您刚才的行为来看,您不配做一个有身份的人!不配穿您那身军服!我来告诉您,您是一个狂妄的没有教养的人!"

那位青年跳了起来,但是一个较为年长的军官伸出手去止住了他,让他坐下,然后转向萨宁,也是用法国话问他:"你是谁?是这位年轻女士的亲戚、兄弟还是未婚夫呢?"

"我跟她非亲非故,"萨宁抗议道,"我是俄国人,但是对于这样的侮辱,我不能袖手旁观。这是我的名字和住址——军官先生可以知道在哪里找到我。"

说着,萨宁把一张名片摔在桌子上,同时以敏捷的动作,把一个军官放在盘子上的吉玛的玫瑰夺了过来。年轻人又一次想蹦起来,但是他的同伴再次把他拦住,说:"安静点,邓何夫!(Donhof, sei still!)"

接着这位同伴站了起来,生硬地行了个举手礼,对萨宁说,明天早晨团里的一位军官将有幸拜访他的寓所;他说话的声音和语气,未尝不含有尊敬的意味。萨宁只点了一下头,就急忙走回朋友们这边来。

克律伯先生装作没有注意到萨宁的离开,也没有听见他和军官们的争辩。他催促马车夫快些套马,对他的行动迟缓非常恼怒。吉玛一句话也没有对萨宁说,甚至没有看他一眼。不过从她那深锁的眉头,紧闭的苍白嘴唇和她一动不动的神态,我们可以猜想到她的内心是何等激动。只有爱弥儿显然很想和萨宁说话,盘问他。他看见萨宁走向那些军官,给了他们一片白色的东西——是一张纸——可能是字条,也可能是名片……可怜的孩子心在狂跳。他的两颊滚热,恨不能马上跑过去抱住萨宁的脖子,痛哭一场,或者是立刻去和萨宁一起,把所有那些可恨的军官揍得粉碎。然而他还是控制住自己,全神贯注地留心他那高贵的俄国朋友的一举一动。

马车夫终于把马套好了,大家都上了马车。爱弥儿跟着塔尔塔立亚爬上了驾驶台。他觉得那儿更舒服,没有克律伯碍眼,他如今再也看不起这个人了。

克律伯先生一路上滔滔不绝……滔滔不绝地独自在那里侃侃而谈。没有人驳斥他,也没有人附和他。他特别强调说,起初他提议在园亭里用餐,没有听从他的意见是错误的。要是依了他,所有这些不愉快的事情就都不会发生了。接着他又发表了一通带有自由主义色彩的严厉批评意见,责备政府不可饶恕地放纵军官,忽略军纪的维持,对于社会上的平民(das bürgerliche Element in der Societät)缺乏应有的尊重。这么搞下去,时间长了就会引起不满情绪,只消再跨出一步,就要发生革命了。一个可悲的例子(说到这里,他以既同情又严厉的神态,叹了一口气),一个可悲的例子就是法国。当然他没有忘记说明,他本人是崇尚权力的,决不会,唔,决不会去做革命家,虽然有的时候也免不了要对这些无法无天的行为表示一点……不满!……说到这里,他又针对道德、堕落、高尚的情操和自尊自重发表了一通老生常谈。

吉玛在午餐前散步的时候,已经对克律伯先生显得不大满意,——所以她和萨宁保持一定距离,看来对他的在场感到非常困惑——此时听了他这一番高谈阔论,就简直替他感到羞愧。快到家的时候,她真觉得无法再忍受下去,就很快地用求援的眼光看了萨宁一眼,但是和先前一样,没有和他说话……而在他这方面呢,对她的怜惜之情超过了对克律伯先生的不满情绪。尽管明天早晨就会有人来向他提出决斗的挑战,他内心还是暗自庆幸当天发生的一切。

这趟使人难受的郊游终于结束了。萨宁在甜食店门前扶吉玛下马车的时候,悄悄地把他夺回来的那朵玫瑰放在她手心里。她的脸一下子变得通红,轻轻握了握他的手,就立刻把花藏起来了。虽说天色还早,只不过是薄暮,可是他并不想走进屋里;她呢,也没有请他进里面去。再说,邦塔列沃勒站在门口,报告说列诺尔太太已经上床就寝了。爱弥儿羞怯地和萨宁告别,他对萨宁怀着敬畏之心——对他的行为简直佩服得五体投地!克律伯先生驱车把萨宁送回住处,跟他客套了一番就作别回去了。这位世故圆滑的德国人尽管很自负,却也有些把持不住,觉得有些不安。自然,大家都或多或少地感到不安。

不过,对于萨宁来说,这种不安的感觉很快就消失了。一种欣慰乃至胜利的快感逐渐涌上心头。他在房间里踱来踱去,什么也不想,吹起口哨来了——心里充满了得意的情绪。

十七

"我等那位军官先生到十点,"第二天早晨,他一边梳洗一边想,"过时不候。"但是德国人都起得早,不到九点,茶房就来向萨宁报告说,陆军少尉冯·李赫特先生(der Herr Seconde Lieutenant von Richter)来访。萨宁连忙披上外衣,说请进。出乎萨宁的意料,李赫特先生非常年轻,差不多还是个孩子。他努力想使他那还没有长出胡须的脸做出威严的表情,但是很不成功。他甚至不会掩盖他慌乱的情绪,在往椅子上坐的时候,几乎让佩刀绊倒。他迟疑不决,用蹩脚的法语结结巴巴地对萨宁说,他受朋友冯·邓何夫男爵之托,要求冯·萨宁①

---

① 德国人姓氏前加"冯"字,表示系贵族。此处是德国军官冯·李赫特按照习惯来称呼萨宁。

先生就他昨天所说的侮辱性的言辞道歉,如果冯·萨宁先生予以拒绝的话,冯·邓何夫男爵就要求决斗。萨宁回答说,他没有道歉的意思,准备决斗。于是冯·李赫特先生又结结巴巴地问,他应该和谁联系,在什么时候,什么地点进行必要的安排。萨宁答道,请冯·李赫特先生两个钟头以后再来,他将设法在这段时间里找一个证人来。("真见鬼,我可去找谁呢?"他暗自思忖)冯·李赫特先生站起身来,行礼告辞……但刚走到门口,又停住了脚步,仿佛有些后悔,转身对着萨宁讷讷地说,他的朋友冯·邓何夫毫不掩饰地认为,关于昨天发生的事情,……在一定程度上,……他也有过失,因此只消对方稍微表示一下歉意(des exghizes lécheres①),他也就满意了。萨宁对这一点回答说,他并没有道歉的意思,他认为自己丝毫没有过错,所以既无意稍表歉意,更无意深表歉意。

"这么说,"冯·李赫特先生说着,脸红得更厉害了,"那就不得不友好地互射一下手枪了——des goups de bisdolet à l'amiaple②。"

"我一点也不明白您说的是什么意思,"萨宁说,

---

①实际应为 des excuces legeres,此处的讹写是形容他法语发音拙劣。
②应为 coups de Pistol et à l'amiable,理由同上。

"您是说我俩都得向空中开枪吗?"

"哦,不。不是这个意思!"这位陆军少尉狼狈不堪,更加口吃了。"我不过是想,既然当事人都是很有身份的人……(他住了口)……我跟您的证人去谈吧。"说完,他就离去了。

少尉一出门,萨宁就一屁股坐倒在椅子里,两眼盯着地板出神。

"生活真不可思议,"他想,"说不定什么时候,它的轮子就会转向!仿佛魔杖一挥,过去与未来都忽然不见,剩下最明白不过的事情,就是我得在法兰克福跟个不相识的人为了不知道什么事情去决斗。"他想起他有一个发了疯的老姨母,老是一面跳舞一面唱着这几句奇怪的话:

陆军少尉,我的宝贝,
亲爱的小傻瓜,
亲爱的小冤家,
小鸽子,来和我跳舞吧!

"不能再耽搁了,该行动了。"他大声喊着,跳了起来。忽见邦塔列沃勒出现在面前,手里拿着一封信。

"我敲了好几次门,您都没有听见,我以为您出去了,"老人一面嘟囔着,一面把信递给他,"这是吉玛小姐叫我送来的。"

萨宁呆呆地接过信,拆开读了。吉玛说她对于所发生的事情感到很不安,希望马上见到他。

"小姐担着心呢,"邦塔列沃勒说,显然知道信里说的是什么,"她要我来看看您在干些什么,要我来请您上她那儿去。"

萨宁看了看这个意大利老人——心里盘算起来。他忽然有了个主意。起先,这个主意显得有些古怪,难以实现……

"然而……为什么不可以呢?"他暗自思忖了一番,然后大声说道,"邦塔列沃勒先生!"

老人一惊,下颌深深地缩进领带,两眼盯住萨宁。

"您知道昨天发生的事情吗?"他问道。

邦塔列沃勒撇了撇嘴,把覆在额前的那一大堆头发往后甩了甩。

"知道。"

(爱弥儿刚一进门,就把一切都告诉他了。)

"哦,您知道了,那很好……现在事情是这样的。来了一个军官,说昨天的那个无赖要求决斗。我已经接受了他的挑战,可是我还少个证人。您愿意做我的证人吗?"

邦塔列沃勒吃了一惊,眉头高高耸起,一直耸入了覆盖在他额前的鬓发里。

"您一定要去决斗吗?"他终于用意大利话问道(在这以前他一直说的是法语)。

"非去不可。要是不去,就会终生蒙受耻辱。"

"唔,要是我不同意做您的证人,您会去另找别人吗?"

"当然。"

邦塔列沃勒低下了头,"请允许我问一句话,萨宁先生,这场决斗会不会损害某个人的名誉?"

"我想不会,不管怎么样,现在也别无选择了。"

"唔,……(邦塔列沃勒的下颔更深地埋进了领结里)可是 ferroflucto Cluberio(意语:克律伯这个坏蛋)干什么去了?"他忽然把头抬起来喊道。

"他吗?什么也没干!"

"嗐!"(邦塔列沃勒带着轻蔑的样子耸了耸肩)"不论怎么说,我得向您道谢,"他停顿了一下,用颤抖的声音说,"因为像我目前这样卑微的处境,您还能承认我是个有身份的人,un galant'uomo(意语:一个高尚的人),这说明您自己就是个 galant'uomo。不过对于您的建议,我还需要再考虑一下。"

"来不及了,亲爱的岂……岂巴……"

"……妥拉,"老人提醒他道,"我请求您让我再考虑一个钟头。这件事涉及我的恩人的女儿的利益……所以我有义务,有责任要认真考虑一下!……一小时以内——三刻钟以内,我将把我的决定告诉您。"

"好,我等着。"

"那么,我怎样回复吉玛小姐呢?"

萨宁拿了一张纸,写道:

"别担心,我亲爱的朋友。我将在三小时内来看您,把一切都告诉您。衷心感谢您对我的关怀。"写完,他就把信交给了邦塔列沃勒。

老人小心翼翼地把信放进了外衣口袋,又说了一遍:"一小时以内!"然后就朝着门外走去。可是他猛地又转回身来,跑向萨宁,抓起他的手按在自己的胸口,两眼看向天上叫道:"Nobil giovanotto!Gran Cuore!(意语:高尚的青年!伟大的心肠!)允许一个衰弱的老人(a un vecchiotto)握一握您尊贵的手吧(la vostrà valor'osa d'estra)!"然后他向后退了几步,扬了扬胳膊,就出去了。

萨宁凝望着他离去的身影……随后拿起一张报纸来读。但是眼睛虽然一行行地掠过去,却一个字也没有读进去。

十八

过了一个钟头,茶房又走了进来,这次是给萨宁送来一张很脏的旧名片,上面印的字是:"邦塔列沃勒·岂巴妥拉·德·瓦列沙,摩达纳公爵殿下的歌者(cantánte di cámera)。"接着,邦塔列沃勒本人也紧跟在茶房的后面出现了。他从头到脚都换了衣装。他穿了件衣缝已经发红的蓝色燕尾服,一件带白点子的背心,上面挂了一根铜制镀金刻有回纹的链子。一个沉重的红玛瑙印章吊在他紧包着身子的黑色长裤上。他右手拿了一顶黑兔皮帽子,左手拿着一双麂皮大手套。他的领结比平时打得更宽更高,浆硬了的胸襟上闪烁着一个嵌有猫眼石的别针。他右手的食指戴了一枚有两只手交叉捧着一颗赤心的图章戒指。老人身上散发出一股陈旧的气息——一股混合着樟脑和麝香味道的气息。他那副庄重、尊严的神气能引起最最不相干的人的注意。萨宁一见,连忙站起来迎接他。

"我来当您的证人,"邦塔列沃勒用法国话说,欠身深深一鞠躬,然后像舞蹈家一样,脚尖朝外站着,"我来听取您的指示,您准备毫不留情地斗到底吗?"

"为什么要毫不留情呢,我亲爱的邦塔列沃勒先生?我决不会收回我昨天说过的话,但我也并不是一个嗜血的人!且等等吧,我的对手的证人马上就要来到,你去和他商量吧。你跟他商量的时候,我可以到隔壁屋子里去待着。相信我吧,我永远忘不了您对于我的帮助,我衷心地感激您。"

"荣誉高于一切!"邦塔列沃勒说着,不等萨宁让他,就坐到一张沙发椅上,"假如这个 ferroflucto spiccebubbio,"他把法语和意大利语乱七八糟地掺在一起,"要是那个站柜台的克律伯不懂得他应尽的最最起码的义务,或者干脆是个懦夫,——那就见他的鬼吧!……他是个卑鄙的人,这就结了!至于决斗的条件,我是您的证人,您的利益对于我来说是神圣的!以前我在巴杜住的时候,那儿驻有一团白龙骑兵,我和其中的几个军官混得很熟……我熟习他们的行为准则,而且常常和你们的塔布斯基亲王谈起这些问题……那个证人快来了吧?"

"我想他马上该到了……那不是他来了么!"萨宁一面瞧着窗外一面说。

邦塔列沃勒站起来,看了看表,用手理了理头发,并且把拖在裤脚外面的一根带子赶快塞进靴筒。那个年轻的陆军少尉走了进来,脸儿仍是红红的,举止也照样慌乱不宁。

萨宁给两位证人作了介绍:"李赫特先生,陆军少尉!岂巴妥拉先生,艺术家!"陆军少尉见了老人的模样有些吃惊……要是这时有人悄悄对他说,适才人家介绍给他的这位"艺术家"也擅长烹饪的艺术,他该说些什么呢?但是邦塔列沃勒神气活现,仿佛在他来说,参与安排决斗的事情,简直是家常便饭。在这种场合,他旧日的舞台生涯显然起了作用,他把证人当作一个剧中的角色来扮演。陆军少尉和他默默地互相瞧了一会儿。

"好,我们开始吧?"邦塔列沃勒终于说道,一面下意识地摆弄他的红玛瑙印章。

"开始吧,"陆军少尉答道,"不过……有当事人之一在场……"

"我马上就走,先生们!"萨宁说着,鞠了一躬,走进自己的卧室,把门关上了。

他倒在床上,心里想念着吉玛……虽然门是关着的,证人的谈话仍不时送进他的耳朵里来。他们说的是法语,但双方都把这种语言糟蹋得一塌糊涂,各有各的口音。邦塔列沃勒又说起了巴杜的白龙骑兵和塔布斯基亲王,陆军少尉又提起了 exghizes léchères(略表歉意)和 goups à l'amiaple(友好地互射手枪)。但是关于表示歉意的事,老人连听也不愿意听!使萨宁大吃一惊的是,他忽然提起一位年轻纯洁的小姐……oune zeune damigella innoucenta, qu'a ella sola dans soun Pèti doa vale piu que toutt le zouffissiĕ del mondo!(这位年轻纯洁的小姐的一根小手指头抵得上全世界所有的军官!)还怒气冲冲地一再说 E ouna outa, ouna onta!(真丢脸,丢尽了脸!)起初,陆军少尉没有在意,可是后来这个年轻人的声音也因为发怒而颤抖了。他说他来此的目的,不是为了听取人家作有关道德的演讲……

"在您这个年龄,听取一点正义的言辞总是有好处的。"邦塔列沃勒叫道。

两位证人间的谈话有几次变得非常激烈。讨论了一个多小时，他们商定以下条件：冯·邓何夫男爵和萨宁先生将于次日上午十时在哈瑙附近的一座小树林里相会，距离十步远射击，在证人发出信号后，双方都有权射击两次，使用普通手枪。

冯·李赫特先生离去了。邦塔列沃勒打开卧室的门，把商量的结果报告了萨宁，然后叫起来：

"Bravo Russo！bravo giovanotto！（勇敢的俄国人，勇敢的青年！）胜利是属于您的。"

过了一会儿，他俩一起动身前往洛色里甜食店。萨宁叮嘱邦塔列沃勒关于决斗的事要严守秘密。老人举起一根手指头，挤了挤眼睛，连说了两遍segredezza（严守秘密）！他仿佛变年轻了，连走路的步伐也变得矫健起来。所有这些不平常的事件，也许令人不大愉快，但却把他带回了那个他曾经提出挑战、也接受过挑战的时代——当然是在舞台上啰。大家都知道男中音歌唱家扮演的角色往往是喜欢虚张声势的。

十九

爱弥儿跑出来迎接萨宁——他已经等了他一个多钟头了——匆匆忙忙地在他耳边小声说,妈妈一点儿也不知道昨天那些不愉快的事,所以这件事情一定得好好瞒住她;还说大家又要打发他到店里去,他不想去,打算躲起来。他只花了几秒钟就把这些话都说完了,然后突然搂住萨宁的脖子,冲动地亲了亲他,就跑到街上去了。萨宁在铺子里见到了吉玛,她想要说话,但是说不出来。她的嘴唇微颤,眼睑低垂,不住地左顾右盼。他连忙安慰她说,事情已经过去了……不过是闹了点孩子脾气。

"今天有人来看过您吗?"她问。

"来了一位先生——我们互相作了解释,后来……

后来，结果非常圆满。"

吉玛回到柜台后面站着。

"她不相信我。"他想。……而后，他走进后屋，见到列诺尔太太。

列诺尔太太的头痛病已经见好，但是情绪不佳。她很亲切地用笑脸欢迎他，但又说她今天恐怕不能好好款待他了，可能会有礼貌欠周的地方。当他在她身旁坐下来时，他注意到她的眼皮红肿。

"怎么啦，列诺尔太太？您该不是哭过了吧？"

"嘘……"她小声说着，朝她女儿所在的屋子点了点头，"别那么……高声。"

"您为什么哭呢？"

"哦，萨宁先生，连我自己也莫名其妙。"

"有谁伤了您的心吗？"

"哦，没有……我忽然觉得很愁闷。忽然想起了基约瓦尼·巴底士塔……想到我的青年时代……时间过得真快哟。我已经老了，我的朋友……可是我总不服老。我总觉得我还和从前一样……而老境——却已经来到，它已经来到了！"列诺尔太太眼睛里的泪涌了上来，"您那样瞧着我，大概很吃惊吧……但就是您，也会老起来，我的朋友，到那个时候，您就能体会到衰老的痛苦滋味了。"

萨宁想安慰她，跟她讲她的孩子们，从他身上，她可以看见自己青春的复活。他甚至试图跟她开玩笑，说她是想诱使别人来赞美她……但是她以严肃的口气要他别这么说。他这才生平第一次认识到，这一类的忧愁，由于意识到自己已经进入老年而产生的忧愁，是安慰不了，也无法排遣的。唯一的办法是让这种忧愁的情绪自然而然地平息下去。他提议玩牌，来一盘特列斯特，这一招确实有效。她立刻很高兴地表示同意，心情也显得开朗多了。

萨宁跟她玩牌一直玩到中午，饭后又接着玩。邦塔列沃勒也参与了进来。他额前的鬈发垂得更低，下颌也在领结里埋得更深了。他的一举一动都十分严肃庄重，使得别人见了不由得要纳闷：他到底有什么秘密需要这样苦苦恪守？

但是——Segredezza！Segredezza！（严守秘密！严守秘密！）

在整整一天当中，邦塔列沃勒尽了一切力量来表示他对萨宁的至高无上的尊敬。他以极端隆重的态度，不先给女士们而是先给萨宁上菜。玩牌的时候，他总是把自己补牌的机会让给萨宁，并且尽量让萨宁多得分。他没头没脑地忽然说起俄罗斯人是世界上最豪侠、最勇敢、最果断的人民。

"老头儿真会做戏。"萨宁心里说。

不但列诺尔太太的反常情绪使他感到奇怪,吉玛对待他的态度尤其使他迷惑不解。她并不回避他……相反,她总是坐在离他很近的地方,仔细倾听他说的每一句话,两眼不住地望着他。但是她固执地不肯和他多交谈,他一跟她说话,她就慢慢站起身来,在角落里找个地方坐下,一言不发,在沉思,又像是在疑惑……主要是在疑惑。到后来连列诺尔太太也注意到她神态异常,一再问她到底怎么了。

"没什么,"吉玛说,"我有的时候就是这个样子,这您是知道的。"

"倒的确是这样。"她母亲应道。

长长的一天就这样消磨过去了,既不是生气勃勃,也不是死气沉沉,不特别快活,也不愁闷。假如吉玛不是这副模样,谁能担保萨宁就一定不会稍微露出些马脚来呢。在离别,也许是永别的前夕,他也许会感伤起来。但是,他根本无法和吉玛说话,所以只好在喝咖啡之前的一刻钟里,到钢琴上去弹了一回短调。

爱弥儿很晚才回来,因为怕人问起克律伯先生,早早地就上床睡觉了。萨宁也该走了。

他和吉玛告别的时候,不知道为什么想起了普希金的长诗《叶甫盖尼·奥涅金》里连斯基和奥尔加作别的情景。他重重地握了握她的手,想要面对面地看看她的脸,可是她轻轻地掉开了头,并且挣脱了他的手。

二十

萨宁走出大门的时候,已经是星斗满天。哟,数不清的星星,大的、小的、黄的、蓝的、红的、白的!它们一闪一闪地眨着眼,时断时续地发射出光辉。天上没有月亮,但是在没有阴影的苍茫暮色中,所有的东西都照样清晰可见。萨宁一直走到街的尽头……天色还早,他不愿意回去,只想漫无目的地散散步,呼吸一点新鲜空气。他又折了回来,还没有走到洛色里甜食店所在的那座房子跟前,就听见一扇朝街的窗户忽然打了开来,黑乎乎的窗框里(屋子里没有点灯)出现了一个女人的身影,他听见有人在唤他:

"德米特里先生!"

他急步走向窗口……是吉玛。

她两肘支撑在窗台上,身子向前倾着。

"德米特里先生,"她压低了声音说,"我今天整天都想着要给您一点儿东西……可是始终下不了决心。现在忽然又看见了您,真是命中注定……"

吉玛不由得住了口。就在这时,忽然出现了一点异乎寻常的情形,使她再也无法把话继续说下去了。

天上是万里晴空,在无边的宁静之中,陡地刮起一阵狂风,地动山摇,众星的微弱光亮在颤抖,在荡漾,大气仿佛起了旋涡。

这股风不是冷的,而是热得几乎发烫。它在树上、屋顶上和整条街的墙壁上、道路上碰撞,摘去了萨宁的帽子,把吉玛的鬈发也吹得乱蓬蓬的。萨宁的脑袋恰恰和窗台齐平,他不由自主地紧紧攀住了窗台,吉玛则伸出两手抓住他的肩头,胸口靠在他的头上。天昏地暗约莫闹了有一分多钟,随后,这阵旋风忽然没了劲头,像一群巨鸟腾空而过,掠过去了……于是又恢复了深沉的宁静。

萨宁抬起头来,只见一副秀美可爱的脸儿正望着他。她神色惊恐,又充满了激情。她的眼睛是那样大,那样有神采,叫人看了肃然起敬畏之心——她是这样的美。他屏息凝神,心都好像停止跳动了。他拿起一绺直垂到他胸前的丝一般光润的鬈发,紧紧贴在嘴唇上,他只能说出一个词:"哦,吉玛!"

"刚才是怎么回事?闪电吗?"她两眼凝视着空中问道,裸露着的手臂仍然放在他的肩上。

"吉玛!"萨宁又叫了一声。

她嘘了一声,回头朝背后的房间里看了看,然后很敏捷地从胸前的衣服里抽出一朵枯萎了的玫瑰,抛给萨宁,"我想的就是要把这朵花给你……"

他认出那是他昨天夺回来的玫瑰。

但是窗子已经关上了,黑暗的玻璃窗里什么也看不见,什么也没有,连一点白色的形影也没有……

萨宁光着头回到寓所……他根本没有觉察他丢了帽子。

二十一

他直到天色微明才入睡。这一点儿也不奇怪!当那阵灼热的夏季旋风骤然袭来的时候,他也骤然地感觉到——问题不仅仅在于吉玛是个美丽的少女,非常迷人,这他早就知道了……问题在于他已经……已经几乎爱上了她。爱情就像那阵旋风般突然来到;而现在这该死的决斗!不幸的预感煎熬着他。即使他不被杀死……他对这个少女的爱情,对别人未婚妻的爱情又会产生什么结果呢?尽管这位"别人"并不是什么了不起的对手,吉玛以后会爱上他,说不定已经爱上了他……那又该怎么样呢?管它的!为了这样一个美人……他在房间里走来走去,坐到写字台前面,拿起一张纸写了几行字,又涂掉了……他在思念吉玛。他想起星光下黑暗的窗户里吉玛美丽的身影,她那被灼热的旋风吹乱了的头发;他想起了她那如同大理石雕般的臂膀,那和奥林匹斯山①上的女神一样的臂膀,他仿佛还感觉到它们放在他肩头上时的重量。……于是他又拿起她抛给他的玫瑰,觉得那些业已枯萎的花瓣发出的清香,真比一般的玫瑰花香甜美得多了。

倘使他被杀死或者残废了呢?

他没有上床睡觉,和衣倒在沙发上睡着了。

有人拍他的肩膀……

他睁开眼睛,只见邦塔列沃勒站在面前。

"睡得像亚历山大大帝②在巴比伦之战的前夕那样!"善良的老人大声叫了起来。

"几点钟了?"萨宁问。

"差一刻七点,坐车子要两个钟头才能到哈瑙,我们还得先到。俄国人总是跑在敌人前头!我雇了法兰克福最好的马车来了。"

萨宁开始梳洗。

"手枪呢?"

---

①奥林匹斯山是希腊神话中众神的住所。
②亚历山大大帝(公元前356—公元前323),马其顿国王。

"那个ferroflucto Tedesco（德国坏蛋）会拿手枪来，他还会带医生来。"

邦塔列沃勒显然是想保持他昨天那种高昂的情绪，但是当他登上马车，在萨宁身边坐下来以后，当马夫的鞭子一响，马儿放开四蹄奔驰起来以后，这位巴杜白龙骑兵的朋友，昔日的歌手的神态突然起了变化。他心里有什么东西像一堵筑得不牢的墙一样地崩塌了。

"我们在做些什么啊，伟大的上帝！Santissima Madonna（神圣的圣母）？"他突然抓住自己的头发，用带哭的声音叫道，"我在做些什么呀，老蠢材，老疯子，frenetico（鲁莽的家伙）。"

萨宁先是吃了一惊，继而笑了。他轻轻搂住邦塔列沃勒的腰，说了一句法国谚语："Le vin esttrè—il faut le boire."（酒既然已经斟上，就必须喝掉！）

"是的，是的，"老人回答说，"你我都得把这杯酒喝下去——可是不论怎么说，我也是个疯子，疯子！本来一切都是好好的，十分平静的……突然一下子——塔——塔，砰——塔——塔！"

"就像交响乐队的大合奏一样，"萨宁勉强笑了一笑，"但这并不是您的过错。"

"我也明白这不是我的过错,但愿如此,不过我毕竟还是太鲁莽了一点。Diavolo! Diavolo!(魔鬼!魔鬼!)"他一再叹着气,不住把额前的鬈发向后甩去。

马车继续向前驶去,继续向前。

早晨,风光明媚。法兰克福的街道刚刚从睡梦中苏醒过来,一切都显得非常干净、舒适。各家的窗户都像金箔般闪闪发亮,一出了税卡门,就听见从鱼肚白的天上传来了云雀响亮的鸣啭声。忽然,在大路的转弯处,一个熟悉的身影从一棵高大的白杨树后面闪了出来,向前走了几步就站住了。萨宁仔细一瞧……伟大的上帝!是爱弥儿!

"怎么,难道他知道了吗?"萨宁转身问邦塔列沃勒。

"我不是对你说过,我是个疯子!"这个倒霉的意大利人带着哭声说话,心里难过得几乎要放声大哭了,"那个小鬼缠了我一整夜,我没有办法,今天早晨我到底把一切都告诉他了!"

"这就是你的 Segredezza(严守秘密)!"萨宁心里想道。

马车驶近了爱弥儿,萨宁命令马车停住,叫那个

"小鬼头"过来。爱弥儿踉踉跄跄地走了过来,他脸色惨白,和他犯病那天的脸色一样白,几乎站不住了。

"您在这里做什么?"萨宁厉声问他,"为什么不好好在家里待着?"

"请允许……请允许我跟您一块儿去吧!"爱弥儿声音发颤,合着手掌恳求着。他的牙齿像发高烧一般直打战。"我不给您找麻烦!带我去吧,我恳求您带我去吧!"

"要是您对我有一丝儿感情,或者一丝儿敬意,"萨宁说,"您就应该马上回家去,或者到克律伯先生的店里去。一个字也不要向人提起,乖乖地等着我回来。"

"等您回来……"爱弥儿泣不成声,哽咽着说,"但是万一您……"

"爱弥儿!"萨宁朝着马车夫的方向使了个眼色。"镇定一点!回家去吧,爱弥儿!我求求您!听我的话,我的朋友。您说您爱我,好吧,那您就回家去——为了我的缘故!"

他伸出了手。爱弥儿哭着急忙趋向他面前,拿起萨宁的手紧紧贴在嘴唇上吻着,然后离开大路,穿过田野,朝着法兰克福的方向飞奔而去。

"也是一颗高贵的心啊！"邦塔列沃勒嘟囔着，萨宁带着责备的神气看着他，老人在马车的角落里蜷缩成一团。他明白自己的过错，越来越觉得这一切都令人难以置信——难道他真的当了决斗的证人，真的租来了马车，办好了一切交涉，并且又在清晨六点离开了他那宁静的住所？更重要的是，他那患风湿病的腿又在隐隐作痛了。

萨宁觉得有必要给他鼓鼓劲。他一下子找对了路，找到了最能打动邦塔列沃勒的语言。

"您往日的勇气到哪里去了，可敬的岂巴妥拉先生？"他说，"il antico valor（旧日的勇气）哪里去了？"

岂巴妥拉先生振作了一下，挑起了眉梢。

"Il antico valor？"他用深沉的声音问道。"None ancora spento（倒还有一点）——il antico valor！"

他又振作了一下，接着谈起了他旧日的生涯，谈到歌剧院和伟大的男高音歌唱家加尔齐亚。车抵达哈瑙的时候，他又精神抖擞了。你要是认真思考一下，就会发现世界上最强大有力——同时也是最软弱无能的东西，莫过于语言了。

二十二

作为决斗场所的这座小树林,离哈瑙约莫有四分之一英里远。果然不出邦塔列沃勒所料,对方还没有来。他们吩咐马车夫在树林外面等着,然后就往树荫深处走去,在林中等了个把钟头。

萨宁并不觉得这样等着有什么难受。他在狭窄的小径间踱来踱去,倾听鸟儿歌唱,目送蜻蜓飞翔,像大多数俄国人一样,遇到这种情况就努力什么也不去想。只有一次,当他看见一株可能是被昨夜的骤风吹断的小菩提树时,心里油然产生了凄凉的感觉。小树已经夭折,所有的叶子都枯萎了。"这是什么意思?是不吉之兆吗?"他脑子里闪过了这样的念头。但是过了一会儿,他又吹起口哨,跨过这株倒下的菩提树,继续走他的路。邦塔列沃勒跟他不一样,他一直叽里咕噜地在抱怨、咒骂德国人,而又咳嗽;有时揉揉自己的背,有时揉揉膝头。他等得不耐烦了,就烦躁地打哈欠,使他那干巴巴的小皱脸显得更加滑稽了。萨宁看见他那副样子,差点笑出声来。

终于传来了在多沙的道路上滚动的车轮声。"来了!"邦塔列沃勒说着,打起了精神。由于过分紧张,他哆嗦了一下。但是,他又"嘿"地大声叫唤起来,把自己的紧张情绪掩盖过去。他还说这天早晨天气相当凉爽。青草和树叶上结满了露水,可是热浪已经侵袭到树林深处来了。

不久两位军官穿过浓荫来到了跟前。跟他们一起来的,有一个矮胖子,脸上无精打采——他就是团队的军医。他带了一个装满水的陶器瓶子,以备不时之需;左臂上挎了一个放有外科用具和纱布之类东西的口袋。显然他已经习惯于作这一类的郊外旅行,这成了他收入的一大来源——每参与一次决斗,他可以拿到八个金币。决斗者双方各付一半。冯·李赫特先生拿着手枪匣子,冯·邓何夫手里挥舞着一根猎鞭——他自以为这是最潇洒不过的。

"邦塔列沃勒,"萨宁悄声对老人说道,"万一……

万一我被杀死了……您要知道什么都是可能的,就请您把我口袋里的一张纸拿出来。纸里面夹了一朵花,请您把它交给吉玛小姐。您听明白了吗?您答应了吗?"

老人凄然瞧瞧他,点头表示应许。……只有上帝知道他到底是否听懂了萨宁要他做的事情。

两位对手和各自的证人照例相互鞠了鞠躬。态度最冷静的是医生,他坐在草地上打哈欠,仿佛在说:"我没有必要来一番骑士式的客套。"冯·李赫特先生请施八笃拉先生[①]选择决斗地点。而施八笃拉先生由于太激动,舌头简直不听使唤(他心里的那堵"墙"又崩塌了):"您觉得哪里合适就选哪里吧,先生。我瞧着就是了……"

冯·李赫特先生开始办正事了。他在树林里觅了一块极好的地段,是一块铺满了野花的草地;量好了距离,两端各插一根匆忙削尖了的树枝做记号,把枪从匣子里取出来,然后蹲在地上装子弹——总之,他很卖力气,并且不断用一块白色的手帕擦他那满脸的汗水。邦塔列沃勒亦步亦趋,紧紧跟在他后面,一副

---

①即岂巴妥拉,是德国人发音的讹误。

发寒热的模样。在做这些准备工作的时候,两位对手各自保持一段距离,像两个受处罚的小学生在生老师的气似的。

决定性的时刻来到了……

各自拿起了手枪……

这时冯·李赫特先生对邦塔列沃勒说,按照决斗的规则,在叫出那决定命运的"一、二、三"之前,年岁较长的证人应该向决斗双方作一次最后的劝告,这种劝告纯粹是一种形式,向来没有什么用处,可是这样一来,施八笃拉先生倒可以借此卸却责任;这种告诫本来应该由一个不偏不倚的证人(unparteiischer Zeuge)来做,可是跟前既然不存在这样的人,他冯·李赫特自愿放弃权利,让较为年长的对方的公证人来承担这一义务。至于邦塔列沃勒,他早就躲进了一个灌木丛,不想看见那引起这一场乱子的军官。他起初没有听懂冯·李赫特的话,李赫特的话本来就难懂,再加上用鼻音说话,就更叫人听不明白。邦塔列沃勒愣了一会儿,然后挺起身来,很快地向前迈了几步,用拳头捶着胸膛,哽哽咽咽地用他那杂凑的语言喊了起来："A la la la…Che bestialitá！Deux zeunommes comme sa qué si battono-perchè? Che diavolo? Andate a casa!"（真野蛮！这样两个年轻人决什么斗！到底为了什么呢？见鬼！回去吧！）

"我不同意和解。"萨宁忙说。

"我也不同意。"他的对手接着也说了。

"那么，你就喊一、二、三。"冯·李赫特对手足无措的邦塔列沃勒说。

邦塔列沃勒连忙又钻回树丛里去，手脚缩成一团，双眼紧闭，头别向一边，放开喉咙大叫："Una，due，e tre！（一、二、三！）"

萨宁先放了一枪——没有命中。射出来的子弹砰的一声击中了一棵树干。冯·邓何夫男爵紧接着也开了枪，是故意朝着天上放的。

接着是一阵紧张的沉默……谁也没有动一动。邦塔列沃勒发出了一声低微的呻吟。

"要接着再放吗？"邓何夫终于开口问道。

"您为什么要枪口朝天？"萨宁问。

"那您就不用管了。"

"下一回，您还是要枪口朝天吗？"

"或许，我也不知道。"

"请注意,请注意,先生们!"冯·李赫特说,"决斗双方不得交谈,这是违反规则的。"

"我放弃我的第二枪。"萨宁说着把手枪抛在地上。

"我也不打算再决斗了。"邓何夫叫起来,也把手枪丢了。"还有,我现在愿意承认前天是我错了。"

他犹豫地站了一会儿,迟疑不决地把手伸向萨宁。萨宁抢上前去,握住了他的手。两个青年人微笑着互相瞧着,脸上都泛起了红色。

"Bravi! Bravi!(勇敢!勇敢!)"邦塔列沃勒像个疯子一样拍着手,跌跌撞撞地从树丛里跳了出来。医生本来坐在一棵放倒了的树干上,此时立刻站了起来,把瓶子里的水倒在草地上,然后懒洋洋地朝着林子外面走去。

"荣誉归于大家,决斗完毕!"冯·李赫特神气活现地宣布。

"Fuori!(退场!)"邦塔列沃勒又叫了起来,——想起了他昔日的舞台生涯。

萨宁和军官们行礼告别,坐进了马车。应当承认,他整个身心都沉浸在一种虽然说不上舒畅,却仿佛是作战之后的轻松感里;不过他心里还交织着另外一种感觉，一种类似羞耻的感觉……他刚才参与的这场决斗看起来很像是一出事先安排好的闹剧，是军官和学生之间常玩的把戏。他想起了那个无精打采懒洋洋的医生，想起了他那副笑容，想起了当他看见萨宁和冯·邓何夫男爵几乎是手挽着手走出树林的时候做的那副鬼脸。后来，在邦塔列沃勒付了四个金币的小费给这个医生的时候……唉，最好还是不要去想这些不愉快的事情！

是的，萨宁觉得有点惭愧、内疚……可是不这样，又应该怎么样呢？他不能像克律伯先生那样，眼睁睁看着这个放肆的青年军官为所欲为而不加惩罚。他站出来维护吉玛……这些都是事实，然而他的良心还是感到不安，他觉得惭愧、内疚。

邦塔列沃勒这次是大获全胜了。他感到非常骄傲。他那副神气活现、目空一切的劲头比一个打了胜仗从战场上归来的得胜将军还要威风。萨宁在决斗时的表现使他万分激动。他不听萨宁的喝止和乞求，一定要称他为英雄。他把他比作大理石或铜的纪念像——比作唐璜骑士的雕像！至于他自己，他承认自己一时有些慌张。"我是一个艺术家，我有敏感的天性，然而您，您却是冰雪和花岗石的结晶。"

萨宁束手无策，无法使这位兴奋无比的艺术家冷静下来。

当马车回到两个钟头以前他们遇见爱弥儿的地方时，爱弥儿又欢呼着从一棵树后面蹿了出来，他把帽子举得高高地摇晃着，欢喜得又蹦又跳，一头向马车扑过来，几乎倒在车轮底下。他不等马儿住了蹄子，就爬上车子，扑在萨宁身上，紧紧搂住他。

"您还活着，没受伤吧？"他急切地问，"原谅我没有服从您，我没有回法兰克福去……我不能回去！我在这里等您……把经过情形统统告诉我吧！您……打死他了吗？"

萨宁好不容易才使爱弥儿冷静下来，强迫他坐下。

邦塔列沃勒满怀得意之色，滔滔不绝地对他讲起决斗的详细情况，当然也没有忘记青铜纪念像和骑士雕像。他还站立起来，伸开两腿保持平衡，两臂交叉抱在胸前，横眉怒目地把头偏在一边，表演出萨宁骑士的形象。爱弥儿听得出了神，有时用一声赞叹打断他的叙述，有时又忽然站起来，扑到他英勇的朋友身上去吻他。

马车轮子辚辚驶过法兰克福的石子路，停在萨宁的旅馆门前。

萨宁和两位同伴一起正往楼上走,忽然看见一个戴面纱的女人从楼道黑暗的角落里冲动地跑了出来。她在萨宁面前站住,脚步飘忽不定,颤抖着喘了一口大气,然后冲下楼梯跑到街上,一闪就不见了。这使茶房大吃一惊,据他告诉萨宁,这位女士等外国先生回来已经等了一个多钟头了。萨宁和这位女士虽然只有一刹那的照面,但是他已经认出了吉玛。他隔着绛色的厚纱看见了她的眼睛。

"难道吉玛小姐也知道了吗?"他拖着长声恼怒地用德语问那一步一步紧紧跟着他的爱弥儿和邦塔列沃勒。

爱弥儿红了脸,显得有些张皇失措。

"我没办法不对她说,"他结结巴巴地说,"她猜到了——我也简直没法,不……不过现在一点都不要紧了。"他兴奋地又加了一句,"总算是结果圆满,她看见您安然回来了。"

萨宁把头掉了开去。

"你俩真是一对话匣子!"他不高兴地嘟囔着走进了房间,倒在一把椅子上。

"别生我的气。"爱弥儿恳求道。

"好吧，我不生气就是了。"（其实萨宁未见得真生了气——老实说，他不一定真的希望吉玛毫不知情……）"好吧——再吻我一下，你们就回去吧……我想安静一会儿，我要睡觉，我疲倦了。"

"好主意！"邦塔列沃勒喊了起来，"您需要休息了，你应该休息，高贵的先生。走吧，爱弥儿，踮着脚尖走，轻轻地，嘘！……"

萨宁说他想睡觉，本来是为了把这两位同伴支走。及至没有人了，他真的觉得全身都非常酸痛疲乏。头天晚上他几乎一夜不曾合眼，现在一倒上床，马上就沉沉地进入了梦乡。

二十三

他沉沉熟睡了好几个钟头。他梦见自己还在决斗,这次对手是克律伯先生,邦塔列沃勒变成了一只鹦鹉,站在一棵棕树上,用浓重的鼻音不住地叫:

"一、二、三,笃、笃、笃。"声音非常之响。他睁开眼睛,抬起头来……有人在敲门。

"进来!"

进来的是茶房。茶房报告说,一位女士急于见他。

"吉玛!"他马上想到她……然而,并不是吉玛,却是吉玛的母亲列诺尔太太。

她刚一进门,就倒在一把椅子上哭了起来。

"您怎么啦,亲爱的洛色里太太?"萨宁在她身旁坐下来,温和亲切地抚摸着她的手问,"出了什么事?

冷静一点吧,我求求您!"

"啊!德米特里先生,我真不幸呀,太不幸了!"

"发生了什么不幸的事?"

"啊!太不幸了!谁能想得到?突然一下,就像晴天霹雳……"

她几乎喘不过气来。

"为了什么事呢?告诉我吧,要不要喝一杯水?"

"不用,谢谢您,"列尔诺太太用手帕揩了揩眼睛,哭得更厉害了,"我什么都知道了,我都知道了!"

"您说什么?——都知道什么了?"

"今天发生的一切!原因——我也知道。您是见义勇为,可是目前这情形实在太叫人难过了。我早就觉得这次游索登不会有好结果,我反对你们去是有道理的,……有道理的呀!"(其实郊游的那天列诺尔太太根本没有表示过反对,可是现在她又觉得她早就预料到了一切。)"我来找您是因为您品德高尚,够朋友,虽然我认识您只有五天……我是个寡妇,这您是知道的。孤孤单单活在世界上……我的女儿……"

"我的女儿——吉玛……"列尔诺太太说这句话的时候,用一块浸透了泪水的手帕捂住嘴,哽哽咽咽地接着说,"她今天说她不愿意和克律伯先生结婚了,而且还要我去通知他。"

萨宁暗暗吃了一惊——没有料到会有这样的事情。

"虽然不能说这是件丢人的事情,"列诺尔太太继续往下说,"可是,谁听说过一个姑娘不肯和她的未婚夫结婚呢?这会毁了我们的,德米特里先生!"列诺尔太太使劲把她的手帕紧紧地团成一个小球,好像打算把她所有的痛苦都包藏起来。"我们不能再靠铺子的收入过活了,德米特里先生!克律伯先生很有钱,还会越来越有钱,为什么要跟他闹翻呢?就因为他没有站出来保护他的未婚妻吗?唔——在这一点上,他是表现得不大好的。可是,他毕竟是个平民百姓,没有受过大学教育。再说,像他这样一个有地位的商人对于那些微不足道的小军官的胡闹,确实也可以完全置之不理。难道这是什么了不起的侮辱吗,德米特里先生?"

"列诺尔太太,看来您是在责备我……"

"我毫无责备您的意思,您又不同了——您和所有的俄国人一样,是个军人……"

"对不起,我并不是……"

"您是个外国人,一个在国外旅行的人,我很感谢您。"列诺尔太太不听萨宁的,继续往下说着。她气喘吁吁,两手摊开,攥拢;然后又展开手帕擤鼻涕。

只消看见她发泄悲哀的那副样子，就可以判定她不是在北方生长的。

"要是克律伯先生跟他的主顾们决斗起来，他还怎么能站在柜台里做生意呢？真是从来没有听说过！现在还要由我去回绝他，今后我们靠什么生活呢？从前只有我们一家能做蛋白松糕和阿月浑子仁的糖果，大家都争着来买，如今人人都在做蛋白松糕啦！想想看吧——城里的那些人会把您决斗的事拿来说闲话……这种事情是瞒不住的。婚事也破裂了……丢人，真丢人！一件丑事！吉玛是个好姑娘，她很孝顺，不过她是个固执的共和派，不把人家的议论放在心上。只有您能够说服她。"

萨宁更加惊讶了，"我吗，列诺尔太太？"

"是啊，您……只有您。就是因为这个我才来找您的——我再也没有别的办法了。您有才学，心地善良，您挺身站出来维护过她，她一定会听您的话——您为了她冒过生命的危险。您能说服她——我已经什么办法都用尽了——应该让她明白，她会毁了她自己，也毁了我们大家。您救过我的儿子，现在请您救救我的女儿吧！是上帝把您派到这儿来的……我要跪着来求您……"

列诺尔太太从椅子上站起身来,好似要扑到萨宁的脚下去……他拦住了她。

"列诺尔太太,我的天,您要做什么?"

她紧紧攥住了他的手,"您答应了吧?"

"列诺尔太太,请您想想看——我怎么能够呢?……"

"您答应了我吧!您不打算马上让我死在您面前的话!"

萨宁手足无措了。他这是生平第一遭和暴烈的意大利脾气打交道。

"我愿意按您的愿望去做,"他大声说道,"我去和吉玛小姐谈一谈……"

列诺尔太太高兴得叫了起来。

"不过,我确实不知道结果会怎么样……"

"哦,不要推辞,不要推辞吧!"列诺尔太太恳求道,"您已经答应了!我相信事情一定会有好结果的。我是一点办法也没有了。她总是不听我的话。"

"她是不是明确地告诉过您,她不愿意和克律伯先生结婚了呢?"萨宁沉默了一会儿问。

"她斩钉截铁地拒绝了。她跟她父亲基约瓦尼·巴底士塔的脾气一模一样,说一不二。"

"说一不二?吉玛?"萨宁缓缓地一再问道。

"是呀……是呀……不过她也是个天使。她会听您的话的。您上我们家去吧——快去,这就去吧?哦,我亲爱的俄国朋友!"说到这里,列诺尔太太骤然从椅子上站起身来,激动地搂住坐在她面前的萨宁的脖子。"请接受一个母亲的祝福吧——给我一杯水!"

萨宁给洛色里太太倒了一杯水,向她保证一定马上就去,把她送到楼下出了旅馆的大门,然后回到自己的房间里,两手交握,眼睛瞪得大大的,心中百感交集!

"真有意思,"他想道,"生活的轮子又转了一圈,它转得这么快,转得我晕头转向。"他不愿意细想,不打算仔细忖度自己心里发生了什么样的变化。他觉得一切都发了狂。"她真是说一不二吗?她妈妈亲口这样说的……还要我去劝她……劝她!我能给她什么样的劝告呢?"

萨宁的头真的晕起来了。各种各样的感觉、印象、模模糊糊的念头都旋风般的在打转;而在这一切之上浮现出吉玛的形象——在那个燥热的不时掠过闪电的夜晚,在星光下的那个黑暗窗户里的吉玛的形象,早已经不可磨灭地刻印在他的脑海里了。

二十四

萨宁迈着迟疑的步子走近洛色里太太的住宅。他的心直跳,他能够清清楚楚地感觉到它在胸膛里跳动。他应该跟吉玛说些什么呢?怎么跟她说呢?他绕过前面的店铺,从后门进了屋子。他在那小小的外屋里遇到了列诺尔太太。她见了他显得很高兴,但又有些局促不安。

"我一直在等您,"她放低了声音说道,两只手轮流握了握他的手,"她在花园里,您去吧!要知道——我就指望您了。"

萨宁走进了花园。

吉玛坐在小径旁边的一条长凳上,正从一只大篮子里把熟透了的樱桃挑出来放在一个盘子里。太阳已经偏西——快七点了——洛色里太太的花园浸沉在夕照里,耀眼的金光逐渐变成了暗红色。树叶以轻柔得几乎听不见的声音沙沙作响,迟归的蜜蜂时断时续地叫着,从这簇花飞到那簇花。远处传来了斑鸠永不休止的单调的咕咕声。

吉玛戴着游索登那天戴的那顶大草帽。她从低垂的帽檐底下瞥了他一眼,然后又埋下头去,在篮子里挑拣着。

萨宁一步慢似一步地挨向前去,然后……然后……他找不到话说,只好问她为什么要挑拣樱桃。

吉玛过了一会儿才回答他。

"那些——熟透了的——"她终于开了口,"用来做果酱,这一些呢,是做小点心用的。就是我们卖的那种圆圆的带糖皮的小点心。"

说着,吉玛的头越埋越深,她的右手停留在篮子和盘子之间不动了,指缝间拈了两颗樱桃。

"我在您身边坐一会儿好吗?"

"好的。"吉玛稍微整理了一下衣服,给他腾出地方来,萨宁挨着她坐下。"怎么说呢?"他正想着,吉玛助了他一臂之力。

"您今天跟人家决斗了,"她兴奋地把她那美丽的脸儿转过来对着他，双颊越来越红，眼睛里闪烁着深深的感激之情，"您真沉得住气，简直不把危险放在心上。"

"哦，哪里！我根本就没有遇到什么危险，事情解决得很顺利，很圆满。"

吉玛的手指从右到左地在眼前晃了好几下——这又是一种意大利式的动作……

"不，请您不要这么说，邦塔列沃勒把一切都告诉我了。"

"那您就相信了他？他大概又把我比作唐璜骑士的塑像了吧？"

"他用的形容词是有些可笑的。但是，他的情感却和您今天的行为一样高尚。这一切都是为了我……为了我的缘故……我永远不会忘记。"

"我老实告诉您，吉玛小姐……"

"我是永远不会忘记的。"她又重复了一遍，目不转睛地凝视了他一会儿，然后把头掉开了去。他这时正好可以清晰地看见她那纤秀美好的侧影。他不禁暗自赞叹，这样的美貌真是见所未见，他此时此刻的心情也是从来没有经历过的。他的灵魂仿佛在燃烧了。

他猛然想起一件事：还有应允别人的事呢！

"吉玛小姐……"他犹豫了一阵,终于开了口。

"唔?"

她仍然低着头,往外挑拣熟透的樱桃。她用手指尖轻轻捏住樱桃的梗,然后仔仔细细地把叶子捋了下来……不过她那一声"唔"里却透露出对萨宁的无限信任和非常亲切的感情。

"您母亲有没有对您说……关于——"

"关于谁呀?"

"关于我。"

吉玛一下子把她刚才从篮子里挑出来的熟樱桃又扔了回去。

"她和您谈过了?"这回轮到她来发问了。

"是的。"

"她对您说了些什么?"

"她告诉我,您……您忽然改变了……您以前的打算。"

吉玛的头又低下去了,她整个的身子都被宽大的帽檐遮住了,看得见的,只有她那纤细柔软的花枝般的脖子。

"我的打算,什么打算?"

"您的……关于您的今后生活安排的打算。"

"您指的……您指的是克律伯先生?"

"是的。"

"妈妈是不是对您讲了,我不愿意做克律伯先生的妻子?"

"是的。"

吉玛动了一下,篮子歪到一边,滚到地上……有几粒樱桃一直滚到小径上去了。过了一分钟,又是一分钟……

"她为什么要跟您提这个呢?"终于传来了吉玛低低的声音。

萨宁还是只看得见吉玛的脖子,她的胸脯比平日起伏得更快了。

"为什么要跟我提这个?……您的母亲认为,既然您和我这么快就做了朋友,可以这样说吧,朋友;既然您对我多少有些信任,您母亲因而就觉得我可以给您一点有益的劝告——而且您也会听取我的劝告。"

吉玛的双手慢慢落到了膝头上……她的手指整理着她衣服的皱褶。

"您准备怎么劝告我呢,德米特里先生?"她在短暂的沉默之后问。

萨宁看得出吉玛的手在膝头上发抖,……她整理衣服的皱褶是为了掩盖手的颤抖。他轻轻地握住了这双苍白发抖的手。

"吉玛，"他问道，"您为什么不肯看我一眼？"

她突然把帽子甩到脑后，定睛凝视他，眼神依然和先前一样充满了信任与感激之情。她是在等他开口……可是一照面他就心慌意乱，目眩神摇了。热烘烘的夕阳余晖照亮了她那年轻的面孔，脸上的表情比太阳的光芒还显得更艳丽灿烂。

"我会接受您的忠告的，德米特里先生，"她微微一笑，轻轻地扬了扬眉毛，"您打算怎样劝告我呢？"

"怎样劝告您？"萨宁又重复了一句，"您瞧，您的母亲认为，您只不过是因为前天克律伯先生没有表现出特别的勇气，就拒绝了他……"

"仅仅为了这个吗？"吉玛低声问道，她俯身拾起篮子，放在身旁的凳子上。

"……一般说来……您拒绝他是轻率的，在做出这样的决定之前，应当仔细考虑一下它的后果，再说，你们买卖的境况使得你们家每一个成员都有一定的义务去……"

"所有这些全都是妈妈的想法，"吉玛打断了他的话，"她就是这么说的，我早就知道了。可是，您自己的意见又怎么样呢?"

"我?"萨宁沉默不语了。他觉得有什么东西堵住了他的咽喉,使他呼吸困难。"我……也觉得……"他很费劲地说。

吉玛挺了挺身子,"您……您也一样?"

"是的……我的意思是说……"萨宁确实一个字也说不出来了。

"那好,"吉玛说,"要是您作为一个朋友,劝我改变我的决定……那就是说,劝我不要改变我以前的决定——那我是会考虑您的意见的……"她心不在焉地又把盘子里的熟樱桃放回篮子里……"妈妈希望我听从您的劝告……好吧,也许我真的会……"

"不过,吉玛小姐,我很想知道您为了什么原因想要……"

"我愿意按照您的意见去做,"吉玛双眉紧蹙,两颊惨白,用力咬着下嘴唇,"您为我做了那么多事情,我应当听从您,我应当满足您的要求。我会告诉妈妈——让我再考虑考虑。喏,那不是她来了么!"

列诺尔太太出现在通花园的屋子门口。她坐立不安,已经等得不耐烦了。萨宁和吉玛才不过说了一刻钟的话,可是按照她的估计,萨宁应该早就把他该对吉玛说的话说完了。

"哦,别,别,别,看在上帝的分儿上,先别告诉她,什么也别说!"萨宁仿佛害怕起来,急忙恳求她道,"等一等……我会告诉您的,我会给您写信……先别忙做出决定……等一等吧!"

他握了握吉玛的手,从凳子上一跃而起,不顾列诺尔太太露出了极端惊讶的神情,匆忙打她身边闯过,只揭了揭帽子,嘟囔了两句使人听不明白的话,转身就不见了。

列诺尔太太走近了女儿。

"好好跟我说说,吉玛……"

吉玛一下子站了起来,紧紧地把妈妈搂住。"亲爱的好妈妈,请您再等一等,等一小会儿,等到明天,好不好?不到明天,什么也别说……啊……"

突然,连她自己也没有料到,她的眼睛里滚涌出了亮晶晶露珠般的眼泪。使列诺尔太太吃惊的是,吉玛脸上不但没有悲哀的表情,反而显得很快乐。

"你怎么了?"她问,"你是从来不爱哭的,——怎么突然一下……"

"没有什么,妈妈,没有什么。请你等一等,我俩都得等。不到明天,什么也别问我——趁着太阳还没有下山,赶快把这些樱桃挑完吧!"

"这下你该讲讲道理了吧!"

"哦,我很讲道理!"吉玛满含深情地点了点头。她捏起一小撮樱桃,举得比她那通红的脸儿还要高。她没有把眼泪擦去,而是让泪水干在脸上了。

二十五

萨宁几乎是一路小跑地回到了旅馆。他觉得只有回到寓所,独自一人认真考虑一番,才能把心中的一团混沌剖析个清楚。于是,他一回到屋里,就在写字台前坐下,把两肘支在桌子上,双手蒙住脸,用深沉痛苦的声音叫起来:"我爱她,我疯狂地爱她!"他的心在燃烧,仿佛是一块白热的炽炭,上面覆盖着的一层灰烬忽然被吹开了。只不过是一转眼的工夫,他已经无法想象自己怎么能坐在她的身边(她的身边!),跟她谈心,而没有意识到他爱她已经到了疯狂的程度。他准备像年轻人说的那样,"去死在她的脚边。"花园里的这次见面决定了一切。现在他每想起她来,出现在他脑海中的,已经不是星光下头发纷披的少女——

而是坐在凳子上,突然一下子把帽子甩到脑后,用无限信任的眼光凝视着他的形象……他心中充满了爱的激情,他渴望爱情。他想起了两天来一直放在他口袋里的玫瑰,拿出来狂热地紧紧贴在嘴唇上,玫瑰的刺刺痛了他。他现在已经失去了理智,不愿意再去思考、盘算或者设想今后的一切。他抛却了过去,奋不顾身地奔向未来。他断然诀别了年轻人孤单沉闷的生活,投身于快乐的浪花飞溅的洪流,丝毫不考虑激流会把他冲向哪里,也不顾脆弱的小舟是否会在礁石上撞个粉碎。这已经不是他近来常常沉湎在其中的那种乌朗的短歌里的静水,……这是无法驾驭不可抗拒的狂澜,它们汹涌澎湃,势如排山倒海,把他席卷了进去。

他取来一张纸,一笔到底,一个字也无须涂改,就写了以下的信:

亲爱的吉玛:

您已经知道了我受人之托向您进忠告,您也知道了您母亲的愿望和她要求我做的事情——但是您还不知道我急欲告诉您的是,我爱您,我以我初恋的心全心全意热爱您。爱情的火焰突然在我心中燃烧起来,力量之大,使我找不到恰当的语言来加以形容。在您的母亲跑来要求我和您谈话时,这爱情之火还只是压抑在心底的,否则,作为一个诚实的人,我可能会拒绝承受她赋予我的使命……现在我向您吐露的真情也是一个诚实人的真心话。应该让您了解我的一切,我们之间不容许有误解。您看,我不愿意给您任何劝告……我爱您,爱您,爱您,——我的脑子里和心里除此以外,就什么也没有了。

德·萨宁

萨宁折好信,把它封好。起先他想按铃叫茶房,差他送去……不,那不好。……让爱弥儿送去?……可是要跑到店里,当着许多店员把他叫出来,也很不方便……再说,天色已经晚了,说不定他早就离开了铺子。萨宁一面这么想着,一面戴上帽子,走出了门。他转了一个弯,又转了一个弯,呀,真叫人高兴,他看见了爱弥儿!这个热心的年轻人腋下夹着一个皮包,手里拿了一个纸包,正匆匆忙忙往家里赶。

"俗语说得真对,恋爱着的人都有份运气!"萨宁想着,叫住了爱弥儿。

少年转过身，急忙向他跑来。

萨宁不等他表示亲热，就连忙把信塞给他，告诉他应该交给谁，怎样交……爱弥儿注意地听着。

"不能让别人看见吧？"他脸上的表情非常严肃认真，仿佛在说，"这是怎么回事，你我心中都有数。"

"对了，我亲爱的好朋友……"萨宁有点难为情，轻轻拍了拍他的脸，"要是有回信的话……就请您给我送来，好不好？我在家里等着。"

"这您放心好了。"爱弥儿高高兴兴压低了声音说着，放开步子就跑，一面还回过头来向萨宁点头示意。

萨宁回到房间里，没有点燃蜡烛就倒在沙发上，两手交叉放在脑后，陶醉在刚刚觉醒的爱的激情里，这种激情真是难以描述。体验过的人知道它那温柔甜蜜的滋味；没有体验过的，你就是描绘给他听，他也体会不了。

门开了，爱弥儿的头伸了进来……

"我把信送到了，"他悄声说道，"回信——在这里。"

他高高举起一张折好的纸条，摇晃着。

萨宁从沙发上跳起来，从爱弥儿手里抢过了纸条。他热血沸腾，顾不得掩饰，也顾不得礼貌，连她的亲兄弟也不避讳了。他很想掩盖真情，控制自己，但是已经做不到了。

他走近窗口,就着屋前路灯的微光,读了下面这几行字:

> 我请您,我恳求您——明天不要到我们家里来,不要露面。我需要这样——非常需要。然后,一切就都会得到解决。我相信您一定不会拒绝我的要求,因为……
>
> 吉玛

萨宁把这封信读了两遍——她的字迹多么美丽,多么动人!他稍微想了一想,就转过脸来,大声叫爱弥儿。爱弥儿急于表示自己是个懂事的少年,脸对着墙壁,用指甲在上面挖着。一听萨宁呼唤,他马上跑了过来。

"还要我做什么?"

"听我说,我的朋友!请您……"

"德米特里先生,"爱弥儿用恳求的声调打断了他,"为什么您对我不称'你'呢?"

萨宁笑了。"好吧!(爱弥儿高兴得蹦了起来)

听着,我的朋友!请你告诉那一位,——你知道我指的是谁——一切都会认真照办。(爱弥儿紧闭着嘴唇,郑重地点了点头。)……至于你……你明天打算干什么?"

"我?你想要我做什么呢?"

"要是可能的话,请你明天一大早就来,我们一起到法兰克福郊外去走走,傍晚再回来,好不好?"

爱弥儿又高兴得蹦了起来。"我有什么不愿意的?好极了!跟您一块儿去走走——真是太好了!我一定来。"

"要是人家不让你来呢?"

"会让我来的。"

"听着,千万别告诉……你知道我指的是谁……别说我请你来玩一天。"

"我为什么要去说呢?我会拔脚就走,管它的!"

爱弥儿热情地吻了吻萨宁就跑掉了。

萨宁在屋里来来回回走了许久,很晚才睡觉。他仍旧沉醉在激动人心的甜蜜的柔情里,想到新的生活即将开始,心中又是快活又是忐忑不安。萨宁非常满意自己想到邀请爱弥儿第二天来玩一天。他很像他的姐姐。"他会使我时刻想起吉玛。"他心中想道。

一想起他昨天还不是这个样子,他就惊奇不已。他仿佛觉得自己有生以来一直就爱着吉玛——始终像今天这样爱她。

二十六

第二天清晨八点，爱弥儿用绳子牵着塔尔塔立亚，到了萨宁的寓所。即使是地道的德国人，也不能比他更准时了。他在家里撒了个谎，说是早饭前要去和萨宁散一会儿步，过后便径直往店里去。在萨宁穿衣服的时候，爱弥儿犹犹豫豫地谈起吉玛，讲到她和克律伯先生决裂的事情；可是萨宁却严肃地保持沉默。爱弥儿竭力想要表示他懂得这件事情关系重大，不能随便谈论，就再也不提了，努力做出一副凝重庄严的样子。

喝过咖啡以后，两位朋友便出发向豪森走去——当然是步行——那地方是个小小的村落，离法兰克福不远，周围都是森林。

山脉就从这里蜿蜒伸展开去。天气非常晴朗，阳光明媚；热，但不灼人。凉风在绿叶丛中发出愉快的沙沙声。天空高处滚滚的白云投下了一小块一小块的阴影，轻柔迅速地从地上掠过。两个年轻人很快就把城市远远地抛在后面了。他们迈着大步，兴高采烈地在平坦的维修得很好的大路上走着。他们走进树林，漫无目的地走了好半天，然后在村内小酒馆里美美地饱餐一顿。饭后爬山，赏玩风景，顺着山坡滚石子玩。当小石子像兔子一样非常滑稽地蹦跳着滚下山去的时候，他们高兴得拍起手来，直到山下一个看不见的过路人大声叫骂起来，他们才住手。过后，他们在又紫又黄的干苔藓上躺了一会儿，又到另一家小酒馆去喝了啤酒，随后是赛跑，跳远。他们发现一处有回声，就大声和回声对起话来，又唱又喊；他们摔跤，攀折树枝，摘下羊齿植物来编成环，戴在帽子上——甚至还跳了舞。塔尔塔立亚也尽它的所能参加游戏。当然它不会扔石头，只会连滚带跳地跟着石头跑；两个年轻人唱歌的时候，它就在一边嗥叫；它还会喝啤酒，当然看起来它并不喜欢这种饮料——这套把戏是它从前的主人，一个大学生教给它的。它不大爱听爱弥儿的话——他到底不是它的主人邦塔列沃勒——每当爱弥儿叫它"说话"或者"打喷嚏"的时候，它光摇摇尾巴，把舌头卷成筒垂着。

两个年轻人都有一肚子话要说。起初,萨宁因为年龄较长,觉得应该发点议论,便就宿命论、人类的命运和构成这命运的原因谈了一通,但话题很快就变得比较轻松了。爱弥儿向他的朋友兼救命恩人提了许多关于俄国的问题,问他俄国人怎么决斗,女人美不美,俄语难不难学,以及当那个军官拿枪瞄准他的时候,他心里有什么感觉。萨宁也向爱弥儿打听了许多事情,盘问他的父亲、母亲和家里的情况。他努力避免提到吉玛的名字,可是心里想的全是她。说实在的,他心里想的也不完全是她,而是明天,那将要带给他无比幸福的神秘的明天。他眼前似乎飘拂着一层薄而轻的纱——纱的后面隐隐约约出现了一张……凝然不动、天使般的年轻的脸儿,温柔地笑着,故意做出一副冷若冰霜的样子,让长长的睫毛低垂着。她并不是吉玛,而是幸福的化身。时候一到,薄纱轻轻揭起,唇儿开了,睫毛抬了起来——他的女神垂青于他了——于是一切都变得像太阳般光辉灿烂,无穷无尽的快乐与幸福来到了。他每想起这个时刻,想起明天,他那颗因为期待而苦恼得几乎停止了跳动的心,便又快乐起来。

这期待,这苦恼,丝毫没有影响他玩个痛快。悬念时刻萦绕着他,但是不妨碍他,不妨碍他和爱弥儿另去一家酒店再美美地饱餐一顿。一个念头在他脑子里闪过:有谁能够预见到明天呢?!不过他的悬念并不妨碍他在饭后和爱弥儿玩跳山羊的游戏。他们在一块宽敞的青草地上玩,他轻捷地劈开双腿,鸟儿般从弓着身子的爱弥儿背上飞跃过去,塔尔塔立亚在一旁狂吠助威……忽然,他看见草地旁边站着两位军官,立刻窘迫不堪,目瞪口呆了——原来是他昨天的敌手冯·邓何夫和他的证人冯·李赫特先生!两人都戴了一只单片眼镜,笑眯眯地瞧着他们……萨宁赶紧打住,转过身来匆忙穿上刚才脱下的上衣,简短地向爱弥儿打了个招呼;爱弥儿也马上穿上外衣,跟他一起急忙走开了。

他们很晚才回到法兰克福。

"我回去该挨骂了,"爱弥儿向萨宁告别时说,"不过我不在乎。我今天玩得非常、非常痛快。"

萨宁回到旅馆,接到一封吉玛的来信。她约他明晨七点钟在法兰克福近郊的一个公园里见面。

他的心狂跳起来!他严格地按照她的意思去做了,这点他很自信。哦!伟大的上帝,这不可思议的、至高无上的、似乎不可能来到又必将来到的明天会带来些什么呢，——哪些又是实现不了的呢?

他反复读着吉玛的信。信末她名字的第一个字母"G"拖了一个长长的优雅的尾巴，这个尾巴使他想起了她的手和纤秀的手指……他想起他的嘴唇还从来没有碰过这只手……他想道："正好和人们的议论相反，意大利女人是非常贞洁端庄的……尤其是吉玛。她真是个皇后……仙子……纯洁凝重得像大理石一样……"

在不很遥远的将来，这一天终将来到……这天夜里，他成了法兰克福最最幸福的男子……他睡着了，但是正像诗人所说的：

我睡了……但是我的心醒着。

他的心在轻轻地跳动。好像夏日阳光下一朵花上，飞蛾的翅膀在微微颤动。

二十七

萨宁清晨五点就醒了，六点钟穿好衣服，六点半就在吉玛信中指定的公园里那座小凉亭附近徘徊。

这是个宁静、温暖、潮湿的早晨。有时看起来像是在下雨，可是伸出手去，却又感觉不到雨点；当你抬起袖子仔细察看的时候，才会发现袖子上沾满了蒙蒙细珠。这湿气不久就散了。没有风，仿佛世界上从来就不曾有过风；声响无法乘风飞翔，仿佛凝聚在空中。远处飘浮着一层薄薄的白雾，空气里荡漾着木樨草和槐花的香气。

街上的铺子还没有开门，然而已经有行路的人了。时而听见一辆马车辚辚驶过……公园里一个游人也没有。一个园丁懒洋洋地用铁锹铲着地面，一个年迈的穿黑布斗篷的妇女蹒跚着走了过去。萨宁当然不会把这么个可怜的老女人错看成吉玛,然而他的心还是跳了一跳,目送这个黑点远去,直到看不见了。

萨宁站住了。难道她不来了吗?这么一想,他不禁打了个寒噤。过了一会儿,他又打了个寒噤,但这次的原因却截然不同——他听见身后有轻悄的脚步声和妇女衣裙轻柔的窸窣声……他转过身来——是她。

吉玛跟随他沿小径走着。她披了一件灰色的斗篷,戴了一顶小小的深色帽子。她抬起头来瞧了瞧他,掉开头,很快就赶过他,走到前面去了。

"吉玛。"他用几乎听不见的声音轻轻叫道。

她轻轻点了一下头,继续向前走去。他跟在后面,呼吸短促,两条腿也不听使唤了。

吉玛走过凉亭,转向右面,又走过一个小小的很浅的喷泉池子,一只麻雀孤单单在里面洗澡。她走到一丛紫丁香后面,在一条长凳上坐下。地方挺舒适僻静,不引人注目。萨宁挨着她坐下。

过了一分钟,谁也不开口。她连看都不看他一眼。他呢,不看她的脸,却专心致志地看她那交叉握着的两只手,手中拿的是一把小阳伞。有什么可说的?什么言语能比他们在这里会面的事实更雄辩呢?他俩一大清早就在这里相会,挨得那么近,难道还不能说明一切吗?

"您……没有生我的气吧?"萨宁终于开口了。

这话说得再蠢不过,他也很明白这一点,……不过至少算是打破了沉默。

"生您的气?"她问,"为了什么呢? 没有,我没有生您的气。"

"那么您相信我吧?"他继续问道。

"您指的是您信里所说的?"

"是的。"

吉玛低下头去,没有回答。小阳伞从她手里滑落下来。她急忙把它抓住,没有让它掉到地上。

"啊,相信我吧! 相信我写给您的信吧!"萨宁叫了起来。他不再感到羞怯,热情地说起话来。"假如世界上真有神圣的、无可辩驳的真理的话,那就是我爱您,我热烈地爱您,吉玛!"

吉玛飞快地斜睨了他一眼,又几乎滑落了阳伞。

"相信我,应该对我有信心,"他再三恳求说,向她伸出手去,却不敢触到她,"我怎么样才能使您相信呢?"

吉玛又看了看他。

"德米特里先生,请您告诉我,"她说,"前天您来劝我的时候——您还不知道……您并没有感觉到……"

"我当然感觉到了,"萨宁急切地打断了她,"只是还没有懂得它的意义。我第一次看见您就爱上您了,不过当时还不懂得您在我心上占了怎样的位置。再说,我知道您是订过婚的……至于您母亲赋予我的使命,首先,我根本无法拒绝她;其次,我完成使命的态度也应该能使您猜出……"

传来了沉重的脚步声。一个粗壮的男子,大约是个外国人,肩负着旅行袋,从丁香树后面走了出来。他很不客气地把凳子上的这一对上下打量了一番,很响地咳了一声就走掉了。

"您的母亲对我说,"萨宁等脚步声消失了,接着往下说,"您要是拒绝了他,会影响您的名声(吉玛轻轻皱了皱眉头),而我的行为在一定程度上给这些讨厌的议论提供了口实……因而我就……有一定义务劝您不要和您的未婚夫克律伯先生闹翻。"

"德米特里先生,"吉玛说着,用手慢慢掠着她靠近萨宁这面的头发,"请您不要再把克律伯先生叫作我的未婚夫……我不会做他的妻子了,我已经回绝了他。"

"回绝了他?什么时候?"

"昨天。"

"是当面回绝他的吗?"

"是当面,在我们家里……他来看过我们。"

"吉玛!这么说您是爱我的了?"

她转脸朝着他。

"不这样,我会到这儿来吗?"她悄悄地说着,两只摊开的手落到了凳子上。

萨宁拿起她放在凳子上的软弱无力的手,将掌心紧紧凑到自己的眼睛上、嘴唇上……昨天一直在他眼前飘拂的那层薄纱揭开了,不见了,幸福的化身就在眼前,艳丽夺目!

他抬起头来,凝目细看吉玛。她也略微低下了头瞧他。她的眼睛透过低垂的长睫毛,闪烁着欢乐的泪花。她不是在微笑,而是笑开了花,幸福盈盈地笑了。

他想把她揽在胸前,可是她闪开了。她仍旧满面是笑,向他摇晃着脑袋。她那快乐的目光仿佛在说:"等一等。"

"哦,吉玛!"萨宁叫了起来,"哪里想得到你(当他的嘴第一次说出'你'时,他的心真像竖琴的弦一般颤动了）会爱我？"

"连我自己也没有料到。"吉玛温柔地答道。

"我本来只打算在法兰克福待一两个钟头的，"萨宁接着说，"哪里想到竟在这里找到了我终身的幸福。"

"终身的幸福吗？你说这话是当真的吗？"吉玛问道。

"终我的一生，永远，永远！"萨宁热情奔放了。

园丁的铣铁铲到了离他们的长凳两步远的地方。

"回家去吧，"吉玛柔声说，"一起回去，你愿意吗？"

那时倘若她对他说："跳到海里去吧——你愿意吗？"不待她的话音落地，他就会马上纵身投入巨澜。

他们一同走出花园，绕过闹市，取道近郊的僻静街道走回家去。

二十八

萨宁在吉玛身边走着,有时稍微靠后几步,眼睛一刻也不肯离开她,笑得合不拢嘴。她虽然走得很快,却不时停住脚步。说实在的,他俩都好像是在做梦,由于太激动,他的脸发白,她的脸通红。刚才他俩心灵交流产生的影响实在是太新鲜、太有力、太激动人心了;它骤然改变了他俩的整个生命,变化之猛烈,使他俩都把持不住了。他们只觉得自己被卷进了一股旋风,就像那天夜里几乎把他俩推入相互的怀里的那阵旋风一样。走着的时候萨宁觉得他是在用新的眼光端详吉玛。一会儿的工夫,他发现她的步态、举止具有他过去没有觉察到的独特的风度,而且,我的上帝,她的步态举止是何等可爱,何等美妙啊!她呢,也同样感到他看她的眼光和先前不一样了。

他们都是初恋,初恋神妙的激情在他们心中荡漾,它简直就像一场革命。日常生活中单调有规律的秩序,在顷刻间就被打破、被摧毁了。青春克服了障碍,它那辉煌的旗帜在空中高高飘扬,不管未来等待着它的是死亡还是新生,它都以极大的热情张开怀抱去迎接。

"那是谁呀,很像邦塔列沃勒呢!"萨宁指着一个裹得严严实实的人问道。那人急忙溜进了一条小巷,好像怕人看见的样子。萨宁正处在极度的幸福中,他感到需要和吉玛说说话,不是说他的爱情——因为那是神圣的,已经决定了的——他想要说的,是一些完全不相干的事情。

"对,就是邦塔列沃勒,"吉玛兴高采烈地回答说,"他可能是来窥察我的;昨天他盯了我整整一天……他有些怀疑。"

"他有些怀疑!"萨宁很愉快地跟着说。吉玛所说的每一句话他都想跟着说。

然后他要求她把昨天的详细经过告诉他。

她立刻讲了起来,讲得很快,有些杂乱,时而微笑,时而叹息,时而用清亮的眼睛迅速和萨宁交换一下眼光。她对他说,前天他走了以后,妈妈和她一连谈了三个钟头,想要她表示一个明确的态度;她呢,却要求过一天再做决定。列诺尔太太急得要发疯了,她坚持过一天再做出决定是非常不容易的;后来,没想到克律伯先生自己跑到家里来了,样子非常高傲、不自然。他对于这位陌生的俄国人不可饶恕的幼稚行为(他指的是你跟人决斗的事)表示了极大的愤怒,说这有损他克律伯先生的名声(他就是这么说的),所以今后再也不许你登门。说到这里,吉玛惟妙惟肖地学起那个商人的声音和腔调来:"因为这有损于我的荣誉,仿佛我在必要的时候连自己的未婚妻都保护不了。明天全法兰克福的人都会知道一个外国人为了我的未婚妻和一个军官决斗——人家会怎么说呢!简直是玷辱了我的名誉!"想想看吧,妈妈也这样讲!可是我呢,我直截了当地告诉他,他再也用不着为他的荣誉和人格操心了,人家议论我,也丢不了他的脸,因为我已经不是他的未婚妻,也绝不会做他的妻子了!说老实话,我本来想先和您……先和你谈一谈再跟他决裂,可是他倒先跑来了……我没能控制住自己。妈妈大惊小怪地叫喊起来,我呢,就走到隔壁屋里去,把他的戒指拿出来还给他——你没注意我两天以前就把这个戒指摘下来了吧?他气极了。不过,他一向虚荣心很重,又高傲自大,没多说什么就走了。当然啰,妈妈很埋怨我;我看见她那样伤心,也很难过,觉得自己太仓促了一点。不过你看,你的信很快就来了,我早就知道……

"知道我爱你,对不对?"萨宁插了一句嘴。

"是的,我知道你爱我!"

吉玛继续说着,有时忘记了话头。每当有人走过就突然闭上嘴。萨宁心醉神迷地听着,就像他昨天欣赏她的手笔一样,仔细品度着她声音的滋味。

"妈妈的心情很不好,"吉玛一口气接连不断地说下去,"她想不通我为什么那么讨厌克律伯先生,我当初跟他订婚并不是因为我爱他,而是因为她一而再、再而三地恳求我……她怀疑您……怀疑你……坦率地说吧,她看准了我是爱你的,尤其使她生气的是,她前天一点也没想到这一层,所以竟托你来劝我……这差事真有点滑稽,你说是不是?现在她说你是个阴险狡猾的人,辜负了她的信任,她还说你会欺骗我……"

"那么,吉玛,"萨宁叫了起来,"你为什么不告诉她……"

"我什么也没告诉她,我没跟你商量,怎么能跟她说呢?"

萨宁伸出了胳膊。

"吉玛,我希望你现在就把一切都告诉她,带我去见她……我要向你妈妈证明我不是一个骗子。"

萨宁说得慷慨激昂,胸脯急剧起伏着。

吉玛睁大了眼睛瞧他,"你真的现在就愿意跟我一起去见妈妈吗?她认为……你我不会有好结果的——一切都将成为泡影。"

有一个词儿已经到了吉玛的嘴边,但是她说不出口。萨宁马上领悟,非常快活地说了出来。

"我要和你结婚,吉玛——当你的丈夫——这是世界上顶顶幸福的事了。"

他的爱,他高尚的激情和他的勇气越来越高涨。

吉玛听了他的话,突然停住了脚步,然后又以更快的步伐急走起来……仿佛这个幸福太意外了,太巨大了,她一时经受不住这欢乐,要急忙跑开。

突然,她的腿发软了。在相距几步远的街的转角处,出现了克律伯先生。他穿了一件新大衣,戴了一顶新帽子,非常挺括,头发鬈得像一只鬈毛狗。他先看见吉玛,后看见萨宁,一见之下,心里很不高兴;他把他那体面的身躯朝后仰了仰,做出一副神气十足的样子,朝他们走了过来。萨宁愣了一下,朝克律伯先生脸上看去,克律伯先生正竭力装出一副轻蔑乃至怜悯与惊讶交织的神气——看了他这副发红的伧俗的脸,一股怒气冲上了萨宁的心头,于是他大步跨上前去。

吉玛镇定安详地把手伸给他,挽住了他的胳膊,坦然注视着她以前的未婚夫。他不敢正眼看她,畏缩起来,让到一边,牙缝里咕噜道:"Das alte Ende vom Liede!(德语:歌曲的收尾都一样!)"然后就又神气活现地迈着大步,一跩一跩地走了。

"这流氓说什么?"萨宁说着向克律伯冲了过去。但是吉玛拉住了他,继续往前走,她的手仍然挽着他的胳膊。

洛色里甜食店已经在望,吉玛又一次停住了脚步。

"德米特里,德米特里先生,"她说,"趁我们还没有进门,趁我们还没有去见妈妈……倘若您还需要再考虑考虑……您现在还是自由的,德米特里。"

萨宁的回答是拿起吉玛的手,紧紧按在他的胸膛上,揽着她向前走。

"妈妈,"吉玛一走进列诺尔太太坐着的屋里就开口说道,"我给你带来了我真正的未婚夫!"

二十九

倘使吉玛告诉妈妈她带来了虎列拉或者死神，列诺尔太太的悲哀也不过如此了。她脸对着墙坐在角落里，化成了泪人，像俄国农妇在丈夫或者儿子的棺材旁边那样号啕大哭。起初吉玛慌了神，不敢走近母亲，呆呆地站在屋子当中。萨宁也手足无措，几乎要哭出来。列诺尔太太哭了一小时，整整一个小时，谁也安慰不了她。邦塔列沃勒觉得最好还是把临街的店门关上，以免生人进来——所幸的是天色还很早。这位老人也大吃一惊，他很不赞成吉玛和萨宁这样仓促从事，不过他倒也不想去责备他们；相反，如果他们需要的话，他还会给予帮助和保护，因为他非常讨厌克律伯。爱弥儿认定自己是朋友和姐姐的撮合人，见事情进行得顺利,得意极了。他不明白妈妈为什么这么难过,他觉得哪怕是世界上最好的女人也不免缺乏见识。萨宁的处境最难堪,只要他一走近列诺尔太太,她就大声号叫起来,挥手叫他走开。他几次恭恭敬敬地站在一边,大声地说了又说:"我请求您答应我和您女儿的亲事。"但是一点用处也没有。列诺尔太太最伤心的是自己太盲目,什么也没有看出来。"要是我的基约瓦尼·巴底士塔在世,"她边哭边说,"哪里会发生这样的事情?""我的上帝,"萨宁心里想道,"这是怎么回事?真糊涂!"他不敢看吉玛,她也羞得抬不起头来。她只好耐心抚慰妈妈,而妈妈连她也给推开了。

暴风雨终于一点一点地平息下去。列诺尔太太止住了哭泣,一任吉玛把她从角落里拉出来,安置在窗前的一把靠椅上,给她喝了一杯橙花露冲的水。她容忍萨宁留在屋子里(起先她一再要他马上出去)——不过还是不让他靠近她——他说话的时候,她也不再打断他了。萨宁马上利用风平浪静的这个间歇慷慨陈词一番。他把他胸中的热情和他的打算描述得那样动人,那样有说服力,连吉玛本人,也没有听见他作过这样富于激情的表白。他像《塞维勒的理发师》①里的阿勒玛维华②一样,感情最忠实,动机最纯真。他毫不掩饰地对列诺尔太太说,他的想法的确是有它不利的方面,不过这只是表面现象而已。不错,他是个外国人,和大家认识还不久,大家对他的人品和财产情况都知道得很少,不过他准备拿出充分证据来证明他出身于上等家庭,多少有一点财产。他的同胞可以对这一点提供确切的证明。他希望吉玛和他在一起会过得很幸福,他会努力弥补她由于离开家庭而感到的痛苦。一谈起离开家庭,差一点坏了事。列诺尔太太发起抖来,坐立不安。萨宁连忙说,分离只是暂时的,而且说不定连暂时的分离也没有必要。

萨宁的这一番雄辩没有白费。列诺尔太太开始用正眼看他,虽然还带着些哀伤和责备的神情,但是已经不像先前那样一副厌恶和生气的样子。随后她允许他挨近她,让他坐在她身旁(吉玛坐在另一边)。接着她责备起他来,不仅用责备的目光看他,还数落他,这种做法本身就说明她的心已经软下来了。她开始抱

---

①是一七七五年法国喜剧作家博马舍著的喜剧。
②阿勒玛维华伯爵在《塞维勒的理发师》一剧中冲破层层阻碍和罗丝娜结了婚,后来,在《费加罗的婚礼》一剧中变了心。

怨,语气越来越和缓,居然还不时向她女儿和萨宁提出问题。然后她允许他拉她的手,并不马上把手缩回去……接着她又洒了些眼泪,但已经和原来的眼泪不一样了……过了一会儿,她凄然微笑起来,惋惜基约瓦尼·巴底士塔的去世,这话的含意和先前完全不一样了……又过了一会儿,两个罪人,萨宁和吉玛在她面前跪了下来。她用手抚摸了这一个,又抚摸那一个。再过了一会儿,他俩都热烈地抱吻起她来。爱弥儿高兴得满脸发光,连忙跑进屋里,和大家拥抱成一团。

邦塔列沃勒伸进头来,朝他们看了看,又是微笑又是皱眉头,然后他跑进前面的铺子里,把店门打了开来。

三十

不消多久,列诺尔太太的情绪就从绝望转变成愁闷,又从愁闷转变为听天由命。听天由命的态度很快也就化作暗中的满意了。为了维持面子,她竭力掩饰并抑制这种满意的情绪。其实,列诺尔太太从认识萨宁的那天起就很喜欢他。一旦习惯了把他收作女婿的观念,她并不觉得这件事有什么特别令人不愉快的地方,不过她还是认为应该把脸上那种受了委屈的、生气的表情多维持一会儿。几天来经历的事情,一桩紧接着一桩,多么的不平常。列诺尔太太作为一个讲究实际的母亲,觉得有责任向萨宁提出种种问题。而在萨宁这方面,当天早晨赴约去见吉玛的时候,还丝毫没有考虑到要和她结婚的问题,如今他却热诚地毅然承担起未婚夫的义务，和颜悦色，准确详尽地回答一切问题。列诺尔太太得知他出身名门贵族，很诧异他竟然不是个王子。她做出郑重的神气告诫他说，母亲的神圣义务迫使她不得不把实话摆到桌面上来；萨宁回答说，这正是他所希望的，恳求她对他不必客气。

列诺尔太太随后说，克律伯先生（一提起这个名字，她就轻轻地叹了口气，紧闭双唇，沉吟一会儿），吉玛原来的未婚夫克律伯先生每年有八千盾①的收入，而且还一年一年很快地在增加。她希望知道萨宁每年有哪些进项。

"八千盾！"萨宁慢吞吞地说道，"折合俄国币，差不多要值一万五千卢布……我的收入少多了。我在图拉有一小块地产……要是管理得当，可以，一定可以有五六千卢布的出息……我要是进政府机关去工作，起码还可以弄到两千卢布的年薪。"

"到俄国去工作！"列诺尔太太叫了起来，"那我就得和吉玛分开了！"

"我可以进外交界，"萨宁答道，"我有社会关系……那就可以住在国外了。再不然，我还有一个两

---

① 十五世纪至十九世纪德国使用的一种银币。

全其美的办法,就是把我的庄园卖掉,用这笔资本作一点能赚钱的生意,比如说吧,拿来扩充您的甜食店。"萨宁觉得自己讲的话荒唐可笑,但是他已经顾不得这许多了。他看了看吉玛,自从话题转到实际问题上来,她就时而在屋子里踱来踱去,时而坐下。他看了看她,觉得一切障碍都排除掉了,此时此刻他真恨不得马上把一切都安排得妥妥帖帖——不过是为了使她安下心来。

"克律伯先生也有意给我一笔小款来扩充甜食店。"列诺尔太太略微犹豫了一下说。

"妈妈,看在上帝的分儿上,别说了!"吉玛用意大利话喊道。

"话都得说在前头呀,女儿!"列诺尔太太也用同样的语言回答。

她转向萨宁,问他在俄国关于婚姻法律上有些什么规定,会不会像普鲁士那样反对和天主教的女子结婚。(在1840年,所有的德国人都还记得普鲁士政府和科隆大主教在不同信仰的男女是否可以联姻的问题上的争执。)当列诺尔太太得知她的女儿因为和俄国贵族结婚自身也成了贵族时,有了一点满意的表示。

"不过您还是得先回俄国去,是不是?"

"为什么呢?"

"为什么——为了求得你们皇帝的允许呀!"

萨宁向她解释说,完全没有这样做的必要……不过他恐怕的确需要在婚前暂时回俄国去一趟(在他说这些话的时候,他的心难过得几乎裂了开来。吉玛看了看他,明白了他内心的痛苦,脸红了,陷入了沉思)——他得回国去出售他的庄园……然后把钱带回来……

"带一块阿斯特拉罕的羔羊皮来给我做大衣好不好?"列诺尔太太说,"人家讲这种毛皮漂亮极了,而且在那里买非常便宜。"

"当然啦,一定带。给吉玛也买一件!"萨宁喊了起来。

"还有我呢,给我带一顶银线绣的摩洛哥皮帽。"爱弥儿从隔壁屋里伸进头来说。

"好,给你带一顶……给邦塔列沃勒买一双毛便鞋。"

"那有什么用?得了吧,"列诺尔太太说,"还是说正经的吧,方才您说,"这位讲究实际的太太接着说道,"您准备卖掉庄园,那么您是否准备连农奴一起卖掉呢?"

萨宁觉得有个什么东西戳痛了他的心。他想起在他和洛色里太太及她的女儿讨论到农奴制度时，他表示过极大的愤慨，一再表示他在任何情况下也不会出卖自己的农奴，因为这种交易是不道德的。

"我会把我的庄园卖给一个品德高尚的人，"他支支吾吾地说道，"说不定农奴们会自行赎身。"

"那就再好不过，"列诺尔太太连忙表示同意，"因为出卖活人……"

"Barbari！（意语：野蛮！）"邦塔列沃勒愤愤地嘟囔道，他跟在爱弥儿后面，在门口站了一会儿，甩了甩头发就走掉了。

"真见鬼。"萨宁想着，偷偷看了吉玛一眼。她仿佛没有听见他说了些什么，"还好，没有关系！"

有关实际问题的谈话一直进行到快要吃饭的时候。到了后来，列诺尔太太完全软了下来，称他为德米特里，亲切地用手指头点着他吓唬他说，对他的背信弃义一定要加以报复。她啰啰唆唆，详详细细地盘问了一番，打听他家庭亲族的情况，说这也是"非常重要的"。她还要他描述一番在俄国教堂里结婚的仪式——她一想到吉玛穿着雪白的长裙，戴着金冠的模样，就心醉不已。

"她美丽得像一位皇后，"她心里充满了母性的骄傲，"而且世界上没有哪位皇后能比得上她。"

"世界上也只有一个吉玛。"萨宁热情地说。

"是呀,正因为这样,她才叫吉玛呀!"(意大利语:吉玛是宝石的意思。)

吉玛扑到妈妈身上吻她……看来直到这时她才卸去了思想上的沉重负担,可以呼吸自如了。

萨宁突然感到非常幸福,心里充满了孩子气的快乐。几天以来,他在这几间屋子里常常沉湎在幻想里,而今这幻想竟然变成了现实!他兴高采烈,恨不得马上就到店里去,像几天以前那样,站在柜台后面,卖点随便什么东西……"我完全有权这样做,瞧,我现在是家里人了!"

他果真站在柜台后面,做成了一些买卖。有两个小女孩来买一磅糖果,他差不多给了她们两磅,只要了半磅的价钱。

吃饭的时候,他以未婚夫的身份坐在吉玛旁边。列诺尔太太讲的还是那些实际问题。爱弥儿有说有笑,一再磨缠萨宁,要求他带他去一趟俄国。大家说好,萨宁两个礼拜以后就动身。只有邦塔列沃勒拉着长脸,列诺尔太太打趣他说:"你还是他的证人呢!"邦塔列沃勒瞪了她一眼。

吉玛沉默着很少说话,但是神采焕发,美丽动人。

饭后她要萨宁到花园里去和她待一小会儿，她在前天拣樱桃的那条长凳前停下来，对他说道："德米特里，别生我的气，不过我还是想再一次对你说，现在你还有考虑的余地，有充分的自由……"

他不让她说完。

吉玛掉开了她的脸。

"至于妈妈说的，关于宗教信仰方面的不同——瞧！"

她用力扯一个用细线挂在她胸前的石榴色宝石镶的十字架，线断了，她把十字架给了萨宁。

"既然我属于你了，你的信仰就是我的信仰。"

萨宁和吉玛回到屋子里的时候，他的眼睛里还闪耀着泪花。

到了晚上，一切都恢复了老样子，大家还玩了一阵牌。

三十一

第二天,萨宁很早就醒了。他快乐到了极点,但这并不是他睡不着的原因。一个最最重要的问题缠扰着他,使他心里无法平静下来——怎样才能最快地以最有利的条件,卖掉他的庄园?各种各样的主意在他脑子里盘旋,但是一条也决定不下来。他走出门去,想呼吸一点新鲜空气,清醒一下头脑。他必须在去见吉玛之前把一切都盘算好。

那个在前面走着的人是谁?他身躯肥大臃肿,四肢粗壮,穿着讲究,摇摇摆摆蹒跚地走着。他在哪里见过这个人?他仿佛记得在什么地方见过这个满布淡黄色粗毛的后脑勺,这缩在两肩之间的大头,肥胖柔软的背和那下垂着的肥胀的手。这难道是五年不见的老同学颇洛佐夫吗?萨宁往前紧走了几步,赶过了这个人,然后回过头来仔细瞧着……宽宽的发黄的大脸,一双小猪眼长着浅色的睫毛和眉毛,鼻子短而扁平,紧紧粘在一起的厚嘴唇,圆圆的无须的光下巴——加上那副脸的表情——乖戾、懒惰、多疑——对,就是他,是希坡里特·颇洛佐夫。

萨宁的脑子里闪过了一个念头:我的福星到了?

"颇洛佐夫!希坡里特·西多洛维奇!是你吗?"

那个人站住了,抬起小眼睛,迟疑了一小会儿,终于咧开嘴,迸发出沙哑的尖细声音:

"是德米特里·萨宁吗?"

"不错,是我!"萨宁大声说着,握了握颇洛佐夫的一只紧套在浅灰色小山羊皮手套里的手,这只手随后又和先前一样,顺着他肥胖的大腿垂下去不动了。"你来了很久了吧?从哪里来的?住在什么地方?"

"我昨天才从威斯巴登来,"颇洛佐夫不慌不忙地答道,"我来给我女人买些东西,今天就回威斯巴登去。"

"啊,对了,你结了婚!听说还是个非常漂亮的女人呢!"

颇洛佐夫转了转眼珠,"是的,有人这么说。"

萨宁笑了起来,"看来你还是跟从前在学校里的时候一样,对什么都无动于衷。"

"我为什么要变呢?"

"人家还说,"萨宁特别强调"说"这个字,"你的女人很有钱。"

"唔,是有人这么说。"

"可是你,希坡里特·西多洛维奇,难道你一点也不知道吗?"

"你瞧,老兄——德米特里……呃……巴夫洛维奇,对,巴夫洛维奇——我不过问我女人的事情。"

"不过问吗?什么都不过问吗?"

颇洛佐夫又转了转眼珠,"什么都不过问,老兄,她走她的路,我呢,我走我的。"

"现在,你要到哪儿去?"

"我哪儿也不准备去,我现在站在街上,跟你说话。说完话,我就回旅馆去,吃早饭。"

"我陪你去好不好?"

"你是说,——跟我一起吃早饭吗?"

"是的。"

"那当然可以——两个人在一起吃,有趣得多了。你不爱多嘴,对不对?"

"大概是这样。"

"那就很好。"

颇洛佐夫一步一步朝前挪,萨宁在他身边走着。萨宁心中暗想,——颇洛佐夫又把嘴唇闭得紧紧的,呼哧呼哧喘着气,蹒跚地走着,——这样一个蠢猪倒找了个既富且美的女人。他并不富有,没学问,又毫无风趣。当年在学校里是个愚蠢、懒散的孩子,又好睡,又贪吃,外号叫"脓包",而今……真想不到!

"他女人既然真的有钱——人家说她是个烧酒包税人的女儿——能不买我的庄园吗?他说他不过问他女人的事情,其实是不可能的。我就提一个合理的、能使人动心的价格吧!为什么不试一下?也许是我的福星到了!干!不妨一试!"

颇洛佐夫把萨宁带到一家法兰克福最漂亮的旅馆里,不消说,他占用的是最好的房间。桌子上和椅子上堆满了纸盒、木匣子和包裹……"这些东西都是给马利亚·尼哥拉耶夫娜买的(这就是颇洛佐夫妻子的名字),老兄!"颇洛佐夫倒在一把扶手椅里,一面解领带,一面哼哼,"好热!"然后他按铃叫来了茶房头儿,详详细细吩咐了一通,要了最最丰盛的早餐。"一点钟把我的马车准备好,一点钟整,听见了没有?"

茶房头儿谄媚地鞠了一躬,恭顺地退了出去。

颇洛佐夫解开了他背心的纽扣。看他扬眉皱鼻的那副样子,就可以断定,说话在他是件很吃力的事情。他忐忑不安地等着,看萨宁究竟是想勉强他开动舌头呢,还是自己承担起谈话的重担。

萨宁了解他朋友的心情,尽量少拿问题麻烦他,只打听最要紧的事情。他得知颇洛佐夫在枪骑兵联队里服役过两年(他穿着那短小制服上衣的模样,一定很值得一看!),三年前结了婚,和妻子一起在国外旅行了一年多,"她正在威斯巴登治病",治什么病只有天知道,然后就准备去巴黎。萨宁对自己过去的生活和今后的打算也说得很少。他直截了当地说他打算出售庄园。

颇洛佐夫静静地听着他,不时瞧瞧那送早餐来必经的门……早餐终于来了。茶房头儿带着两个人走了进来,托着几个带银盖子的盘子。

"你的庄园是在图拉吗?"颇洛佐夫一面入席一面问,把饭巾的一角塞进他衬衫的领子里。

"是的。"

"在埃弗列莫夫郡,我知道。"

"你知道我在阿历克赛叶夫卡的那块地吗?"萨宁

一面在饭桌前坐下一面问。

"当然知道,"颇洛佐夫把满满一叉子香菌炒蛋塞进嘴里,"我的女人马利亚·尼哥拉耶夫娜在那儿附近有一处庄园……茶房,把那瓶酒打开!……那儿的地不坏,可是你的农人把林木全都砍伐掉了。你为什么要把这块地卖掉呢?"

"我需要钱,老兄。我准备廉价出卖。你何不买了它呢?"

颇洛佐夫喝了一大口酒,用饭巾擦了擦嘴,慢慢地大声嚼了起来。

"唔,"他终于开了口,"我不买地——没有钱……把奶油递给我……我女人或许会买,你去和她谈谈吧。如果你要价不太高的话,她也许会买的……唉,这些德国人真蠢,连鱼也不会做,这有什么难的呢。他们就知道空谈:Фатерлан、п、(即德语的Vatereland:祖国)必须统一!茶房,把这个脏东西拿开!"

"难道你女人的财产完全由她自己经管吗?"萨宁问道。

"是呀,她自己……这排骨还不错,你尝尝看……我已经对你说过,德米特里·巴夫洛维奇,我从来不过问我女人的事情,这是对你说第二遍了。"

颇洛佐夫还在大声地嚼着。

"唔,……可是,我怎么能和她谈呢,希坡里特·西多洛维奇?"

"呃……这再简单不过,德米特里·巴夫洛维奇。到威斯巴登去,那儿离这里并不远……茶房,有没有英国芥末?没有?畜生!……不过要赶快,我们后天就要走了。我再给你倒杯酒——这种酒倒还不像醋那么酸,甚至还有点香味呢!"

颇洛佐夫的脸发了红,有了些生气,他只有在吃吃喝喝的时候才精神十足。

"我真不知道该怎么办。"萨宁嘟囔道。

"你为什么这么急于出卖你的庄园呢?"

"对了,我非常着急,老兄。"

"你需要的数目很大吗?"

"是的,我……怎么说呢?我打算要——要结婚了!"

颇洛佐夫把刚刚举到嘴边的酒杯又放回桌子上。

"结婚?"他惊讶地大声问道,肥胖的双手交叉放在胸前,"这么快?"

"是的——快了。"

"你的未婚妻一定是在俄国啰?"

"不，不在俄国。"

"那么，在哪里呢？"

"就在这里，在法兰克福。"

"她是个什么样的人呢？"

"她是德国人，不过，实际上是意大利人。她长住在这里。"

"有陪嫁吗？"

"什么也没有。"

"那么，你一定是非常爱她啰？"

"说得真好笑！我当然非常爱她。"

"所以，就急需用钱啰！"

"是啦，……就是这么回事。"

颇洛佐夫把他的酒一饮而尽，漱了漱口，把指尖在水里蘸了蘸，仔仔细细在饭巾上揩干净，然后点起一支雪茄。萨宁静静地看着他。

"没有别的办法，"颇洛佐夫细声细气地说着，把头朝后一仰，吐出一缕细烟，"去见见我的女人，她要是乐意的话，能够解决你所有的问题。"

"我怎么能看见她呢？你不是说你们后天就要走了吗？"

颇洛佐夫闭上了眼睛。

"听我说啊,"他用嘴唇转动着雪茄,喘着气说,"你回寓所去尽快地收拾一下,然后回到这儿来。我一点钟走,马车里很空,我可以带你去。这个办法最好。现在我得睡个觉。我饭后得睡一睡,老兄,这是自然的需要,我得顺应这种需要,你别打扰我了。"

萨宁想了一想——忽然抬起头来,决定了。

"好,我同意这样做,——谢谢你。我十二点半再来,我们一起到威斯巴登去。但愿你的女人不至于不高兴……"

颇洛佐夫已经打起鼾来,他咕噜道:"别吵我。"腿晃了几晃,很快就像孩子般地睡着了。

萨宁又看了看这个臃肿的躯体,看了看他的头,他的脖子,他那高高翘起圆得像个苹果的下巴,然后走出旅馆,急匆匆朝着洛色里甜食店的方向大踏步走去。他一定得先告诉吉玛一声。

三十二

他在铺子里找到了她,她母亲也在。列诺尔太太正弯着腰用一把折尺量窗户间的距离。一见萨宁,她赶紧直起身来招呼他,稍微有一点失措的样子。

"自从昨天你对我说了那些话以后,"她说,"我心里就一直想着应该怎样装点我们的铺子。我打算在这里放两个带镜子的碗橱。这种碗橱现在很时兴,还有……"

"好极了,好极了!"萨宁打断了她,"这些我们会通盘考虑……来,现在我有点事情要和你们说。"他一手挽一个,把列诺尔太太和吉玛带到后屋里。列诺尔太太吃了一惊,手里的尺子掉到地上。吉玛起先也有些惊慌,可是一见萨宁的神情,她就放了心。他脸上的表情虽然十分严肃,却带有欢乐的气氛,而且显得很有决心。

他请她俩坐下,自己站在她们面前,把事情的来龙去脉详详细细告诉了她们。他比比画画地说,把头发都弄乱了。他讲述他怎样遇见了颇洛佐夫,对方怎样建议他到威斯巴登去一趟,卖掉庄园的可能性很大,等等。"你们想想看,我是多么高兴呀!"他最后说,"这样一来,我就根本用不着回俄国去了,婚礼可以大大提前。"

"那你准备什么时候走呢?"吉玛问。

"就是今天——一个钟头以后。我的朋友雇了一辆马车,他邀我同他一道去。"

"你会给我们写信吧?"

"一分钟也不会多耽搁。我和那位太太谈完以后,就马上给你们写信。"

"这位太太很有钱吗?"讲究实际的列诺尔太太问。

"钱多极了!她的爸爸是个百万富翁,把所有的财产都留给了她。"

"都留给她了吗?唔,那你就该走运了。当心不要把你的庄园卖得太便宜,要谨慎小心,坚决一点,不要上人家的当。我明白你是想尽快当吉玛的丈夫……不过首先是要谨慎。记住——你的庄园卖价越高,你俩——还有你们的子女——的钱也就越多。"

吉玛难为情地把头掉开了,萨宁又做起手势来,"我会当心的,列诺尔太太。我不打算跟她讨价还价。我提一个合适的价钱,她给呢,买卖就算成了;她要是不干,那就随她去吧。"

"你认识……这位太太吗?"吉玛问道。

"从来没有见过她。"

"你什么时候回来呢?"

"要是事情办不成——我后天就回来。要是事情顺手,我可能得多待上一两天。不论是什么情况,我一分钟也不会多耽搁。要知道,我把我的心留在这儿了。……哎呀,我还站在这儿和你们说话,出发以前我还得回旅馆去一趟呢……列诺尔太太,请您伸出手来祝福我吧,这是我们俄国的习惯。"

"右手还是左手?"

"左手,心这边的手。无论成功还是失败,我后天一定回来。我有一种预感,我一定会胜利归来。再见吧,我的好人儿,我的亲爱的人儿。"

他抱吻了列诺尔太太,然后要求吉玛让他到她屋里去待一小会儿——他有重要的话要告诉她……实际上他不过是想要单独和她告别。列诺尔太太明白这一点,因而也就不去打听他究竟有什么重要的话要讲……

萨宁从来没有进过吉玛的房间。当他跨进这道神圣的门时,爱情的魅力支配了他的身心,他胸中激荡着欢悦、甜蜜的激情,爱的火焰在他心中燃烧……他用满怀柔情的眼光环顾这间屋子,扑倒在这位妙龄少女的脚前,把脸藏在她衣服的折缝里……

"你属于我了吗?"她悄声说道,"你会很快回来吗?"

"我属于你,我很快就会回来……"他呼吸急促地回答道。

"我等着你,最亲爱的。"

几分钟之后,萨宁沿着大街跑回他的寓所。他没有注意到邦塔列沃勒蓬着头一直追到甜食店门外,高高举起一只胳膊,对他大声喊了些什么,好像是在恐吓他。

萨宁恰好在一点前一刻到了颇洛佐夫的旅馆。一辆套着四匹马的马车已经在门前等着了。颇洛佐夫看见萨宁,只说了一句:"看来你已经拿定主意了!"虽然是盛夏天气,他还是戴上帽子,穿上大衣和套鞋,在耳朵里塞了点棉花,来到穿堂里。茶房们按照他的吩咐,把他买来的无数包裹都搬进了车子;在颇洛佐夫座位的四周塞满了垫子、口袋和包裹,在他脚下放了一只装满食物的大盖篮,还在车夫的座位上拴了一口箱子。颇洛佐夫拿大把的钱赏给这些小心侍候他的人,哼哼哧哧爬进了马车,毕恭毕敬的看门人小心翼翼在后面搀扶着他。他用力把屁股塞进座位,把放在位子周围的大包小包整理得妥妥帖帖,选了一支雪茄燃起来,这才做手势招呼萨宁:"好啦,你也上来吧!"萨宁在他身边坐下,颇洛佐夫要看门人告诉车夫,假如他想要小费的话,就得让车子走好;于是,踏脚板嘎嘎升起,车门砰的一声关上了。马车辚辚地滚动起来。

三十三

要是在今天,从法兰克福坐火车到威斯巴登用不了一个钟头,可是当年坐邮车至少要换五次马,走三个钟头。

颇洛佐夫嘴里叼着雪茄在打盹,或者只不过是闭着眼睛在摇晃。他很少说话,一次也没有向窗户外面张望,他对风景毫无兴趣,甚至可以说他非常厌恶自然景物。萨宁也一言不发,在想心事,没有时间去赏玩风景。他全神贯注地在回忆,在遐想。每到一站,颇洛佐夫就把车费付清,一个钱不多,一个钱不少。他看着表核算时间,根据车夫表现的好坏决定究竟是应该多付小费,还是少付。走到半途,他从大盖篮里拿出两个橙子,自己挑了一个好的,把剩下的一个给了萨宁。萨宁定睛瞧了瞧自己的旅伴,突然大声发起笑来。

"你笑什么?"颇洛佐夫一面问,一面用他白而短的指甲细心地剥着橙子。

"我吗?"萨宁答道,"我笑我们这次的旅行。"

"有什么好笑的呢?"颇洛佐夫问着,把一瓣橙子放进嘴里。

"简直难以想象。老实说,昨天我还根本没有想到你,就像我根本想不起中国的皇帝一样。可是今天我居然坐在你的身边,要去把我的庄园卖给你的女人,而且我还根本不认识她。"

"什么事情都可能发生,"颇洛佐夫说,"等你的年纪再大一点,你就什么都不觉得奇怪了。比如说吧,你能想象我骑在马背上当值日军官的样子吗?不过我确实当过,当年米海尔·巴夫洛维奇大公下了命令:'叫那个胖旗官跑步!快!'"

萨宁搔了搔后脑勺。

"希坡里特·西多洛维奇,请你告诉我,你女人是怎样一个人,她的脾气怎么样?我需要对她有所了解。"

"他倒怪会下命令的,叫我跑步,"颇洛佐夫忽然出人意外地用激烈的口吻打岔道,"可是对我来说,对我,难道是件容易的事吗?我当时想:'什么官阶,什么肩章,滚它们的吧,我不需要它们。'哦——你是说我的女人?唔,她吗?跟所有别的女人完全一样。你可不要惹她,她是不容人的。最重要的是你得多说话……让她开开心。谈谈你的恋爱经过,或者这一类的东西……尽量说得好笑一点,知道了吧!"

"尽量说得好笑一点?"

"是呀,你不是说你正在谈恋爱而且打算结婚吗?好,就把这个说给她听吧!"

萨宁觉得很反感,"这又有什么好笑的呢?"

颇洛佐夫只转了转眼珠。橙子汁一直流到下巴上。

"是你女人叫你到法兰克福来买东西的吧?"萨宁沉默了一会儿之后问道。

"是的。"

"你买了些什么呢?"

"哼,不过是些玩具。"

"玩具?你有孩子了吗?"

颇洛佐夫听了这句问话,惊诧得往后一仰。

"什么?我为什么要有孩子呢?……不过是些女人的小玩意儿……首饰……化妆品罢了!"

"你对这些都在行吗?"

"当然啰。"

"那你还说一点也不过问你女人的事情?"

"别的事情,我就不过问了。这种事情管管倒也无妨。没别的事可干,干干这个也罢。我女人信得过我的眼力,我还很会讲价钱。"

颇洛佐夫有点语无伦次,他疲倦了。

"你的女人很有钱吧?"

"钱嘛,倒是不少。不过,都握在她自己手里。"

"我看你也没有什么好抱怨的。"

"我是她的丈夫,为什么不充分享受我的权利!再说,我对她很有用,找了我这么个好将就的丈夫,算她运气!"

颇洛佐夫用一块绸子手帕揩揩脸,大声喘着粗气。"饶了我吧,"他简直是在哀求了,"不要再勉强我说什么了,瞧我说起话来多费劲!"

萨宁让他安静,自己又埋头沉思了。

马车在威斯巴登一家豪华得像宫殿的旅馆门前停下来。门里一齐响起了铃声,人们熙熙攘攘,一阵忙乱。神情庄严、穿着黑色燕尾服的先生们在穿堂里迎候,一个穿绣金制服的司阍人很有气派地走过来把马车门打开。

颇洛佐夫像凯旋的英雄似的走下了马车,然后慢条斯理地爬上那铺着地毯、喷有香气的楼梯。一个生就俄国人面孔、穿着也十分讲究的人急趋到面前来迎接他——这是他的亲随。颇洛佐夫对他说,今后出门一定要带他,因为昨天晚上在法兰克福过夜,夜里竟然没有人给他准备热水。亲随脸上现出一副震惊的表情,赶紧弯下腰去给他的主人脱掉套鞋。

"马利亚·尼哥拉耶夫娜在家吗?"颇洛佐夫问道。

"在家,老爷……太太正在穿衣服……太太准备去和拉逊斯卡伯爵夫人共进午餐。"

"哦,到她家里!……等一等……马车里还有些东西,你去把它们统统拿下来送上楼去。至于你呢,德米特里·巴夫洛维奇,"他又说道,"去租个房间,三刻钟以后再来,和我一起吃饭。"

颇洛佐夫摇摇摆摆地走了。萨宁去租了一间价钱便宜的房间,梳洗整理了一番,休息了一会儿,然后朝着颇洛佐夫亲王殿下(Durchlaucht)巍峨的殿堂走去。

亲王正坐在极其豪华的客厅里一个富丽堂皇的天鹅绒沙发上。这位对什么都无动于衷的朋友居然已经洗过了澡,穿上了一件非常华丽的缎子睡衣,头上戴了一顶朱红色的土耳其帽子。萨宁走上前去,站着仔细端详了他一番。颇洛佐夫神像般坐着,一动也不动。连眼珠都没有朝萨宁这边转一转,他眉毛也不抬,一声也不吭。说实在的,真是神气极了!萨宁盯着他看了一两分钟,正准备说句什么话打破这神圣的寂静,只听得通向隔壁屋子的门忽然开了,一个穿着饰有黑花边的白色长袍,手指上和脖子上带着钻石的年轻貌美的女士出现在门前,这就是马利亚·尼哥拉耶夫娜。她浓密的栗色头发垂在脸的两边,编成辫子,但是没有挽起来。

三十四

"哦,对不起。"她带着有些困窘,又有些嘲弄意味的微笑说道,手指灵活地捻着辫梢,用她那明亮的灰色大眼睛盯住萨宁看,"我没想到您在这儿。"

"这是德米特里·巴夫洛维奇·萨宁,我幼年时代的朋友。"颇洛佐夫说着,没有起身,也不瞧萨宁,只是用手朝萨宁的方向指了指。

"是,我知道——你告诉过我。您好,先生。……可是,希坡里特·西多洛维奇,我本来要请你……我的侍女实在是太笨手笨脚了……"

"你是要我给你梳头吗?"

"是的。行吗?……对不起,"马利亚·尼哥拉耶夫娜带着同样的微笑说着,朝萨宁点了点头,轻盈地一转身就闪进了门里。她那姣好的后颈,圆润的肩头和纤纤细腰在一刹那间给人留下了美妙的印象。

颇洛佐夫站起来,大摇大摆地跟着她走进了那道门。

萨宁心里明白这位女主人肯定是知道他在"颇洛佐夫亲王"的客厅里的。她只不过是想炫耀一下她的头发,而她的头发又的确很美。萨宁暗暗对颇洛佐夫太太的这点小手段感到高兴——她想惹起我的注意,在我面前卖弄一番,那么也许我的地价就比较容易讲妥?他心里只有一个吉玛,别的女人动不了他的心,他几乎感觉不到她们的存在。这一次,他只不过在一瞬间闪过了一个念头:"唔,人家说这位夫人很迷人,果然不错!"

他若不是正处在热恋之中,说不定就会有不同的感受了。——马利亚·尼哥拉耶夫娜·颇洛佐娃,娘家姓加里希金,确实是个不寻常的人物。她其实算不上个美人儿——从她脸上可以确凿无误地看出她出身平民。她额头低矮,鼻子略肥而且有些往上翘;她也不能以自己的皮肤细嫩手足纤巧自诩。但是,这些又有什么关系呢?她摄人魂魄的地方,并不在于普希金所说的那种"圣洁的美",而在于她那女性的肉体,它兼有俄罗斯和吉普赛风味,结实健壮,具有强大的诱惑力,使人心醉神迷。

但是,吉玛的形象就像贺拉斯①诗里所说的"三重铠甲"一样,保护着萨宁。

十分钟以后,马利亚·尼哥拉耶夫娜由她丈夫陪着,又出来了。她向着萨宁走来,那翩翩的风度足以使那个时代——唉,距今已经是非常遥远的了——的许多傻瓜神魂颠倒。他们之中的一个说过:"当这个女人向你走来的时候,你会觉得她给你带来了终生的幸福。"她走到萨宁跟前,向他伸出手来,以一种既妩媚又稳重的声音用俄语对他说道:"请您稍等一会儿,好不好?我很快就会回来的。"

萨宁恭恭敬敬地鞠了一躬,可是马利亚·尼哥拉耶夫娜已经掀开门帘走到穿堂里去了。临去之际,还回过头来嫣然一笑,又一次给人留下了娇美的印象。

当她微笑时,脸上出现的不是一个酒窝,也不是两个,而是三个酒窝;她的眼睛比嘴唇笑意更浓。丰满阔大的朱红色嘴唇的左边嘴角上,有两颗小痣。

颇洛佐夫迈着沉重的步子摇摇晃晃走进了屋子,倒在沙发椅上。他还是那么不爱开口,他那没有血色

---

①贺拉斯(公元前65—公元前8),古罗马诗人,以史诗著名。

的过早起了皱纹的脸上时时闪过一丝古怪的微笑。

虽然他只比萨宁大三岁,却很显老。

他用来款待客人的晚餐,不用说,能使最讲究吃喝的人吃得心满意足;然而萨宁却觉得这顿饭拖得太长,使人厌烦得要死。颇洛佐夫吃得很慢,吃得津津有味,非常在行,对精华部分决不放过。他全神贯注在他的盘子上,几乎每吃一口都要先嗅一嗅。他喝起酒来,一定要先在口里漱漱才吞下去,然后把嘴咂得非常之响……烤肉端上来的时候,他忽然发起议论来了——说了些什么呢?说的是美利奴绵羊。他极其温柔地用各种爱称不厌其烦地描绘它们,说他打算采购一大批这种羊。他喝了一杯滚热的咖啡(他几次向茶房提起,昨天人家给他喝的是冷咖啡——"冷得像冰一样",说的时候,气愤得几乎迸出了眼泪)。用他那发黄而且不整齐的牙齿咬开了一根哈瓦那产的雪茄烟,然后就按照老习惯打起盹来。这使萨宁很高兴,他在厚厚的地毯上无声地走来走去,幻想他和吉玛未来的共同生活,以及他应该写信向吉玛说些什么。可是颇洛佐夫醒过来了,据他自己说,醒得比平时早——只睡了一个半钟头。他灌下肚一大杯冰冻矿泉水,吃了满满七八匙果酱。那是他的亲随用一个深绿色的基辅大口瓶装来的真正俄国果酱。据他自己讲,如果没有这种美味,他简直不能生存下去。末了,他用肿眼泡下面的小眼睛盯住萨宁,邀他来一盘"杜拉克①"。萨宁很高兴地答应了,不然,他怕颇洛佐夫又会讲起他那些小羊羔、小母羊和肥肥的小羊尾巴。宾主一起回到客厅里,茶房送来一盒扑克牌,俩人就玩起来了。当然是不下注的。

马利亚·尼哥拉耶夫娜从拉逊斯卡伯爵夫人家回来时,正碰见他们在玩这种天真无邪的游戏。

她一见这些牌,就纵声大笑。萨宁赶紧站起来,她连连大声说道:"你们接着玩吧——我去换了衣服再来!"她一面走一面脱手套,衣衫沙沙发响,一闪就进了里间。

她真的很快就走了回来。她脱去了讲究的服装,换了一件宽大的淡紫色宽袖口绸衫,腰里系了一条粗麻花形的带子。她靠近丈夫坐下,等到他当上了"傻瓜"的时候,就说:"够啦,肉团团!"(听见"肉团团"这个称呼,萨宁惊讶地看了她一眼,她也毫无顾忌地睁大了眼睛看他,满面春风地笑着,脸上的三个酒窝都

---

①意为"傻瓜",是一种非常简单的牌戏。

现了出来。)"够了，我看你已经困了，吻吻我的手就去睡吧，萨宁先生和我要说一会儿话。"

"我并不困。"颇洛佐夫慢吞吞地说着，吃力地从沙发椅上站起来。"不过如果你要我走的话，我就走好了。我也愿意吻吻你的手。"

她把手掌递给他，同时仍旧笑眯眯地看着萨宁。

颇洛佐夫也瞧着他，连晚安都不说就走出去了。

"来吧，把一切都告诉我。"马利亚·尼哥拉耶夫娜热切地说着，把她那裸露的两肘支在桌子上，不耐烦地剔弄着手指甲。"是真的吗，人家说你快要结婚了?"

说着，马利亚·尼哥拉耶夫娜把头偏向一边，凝神细看萨宁的眼睛。

三十五

萨宁和各种各样的人打过交道,并不是第一次见世面。然而,要不是他把颇洛佐夫太太这种随随便便的亲昵态度看作是买卖成交的好兆头,这种态度或许就会使他窘迫不安了。"且迁就一下这位阔太太的任性吧。"他这样想着,就用和她一样随便的口气回答道:"是的,我快结婚了。"

"跟谁结婚呀?是个外国人吗?"

"是的。"

"您认识她的时间不很久吗?她住在法兰克福吗?"

"一点不错。"

"她是个什么样的人呢?能让我知道吗?"

"当然……她是个甜食店老板的女儿。"

马利亚·尼哥拉耶夫娜扬起眉毛，睁大了眼睛。

"那太好啦，"她慢吞吞地说，"妙极了！我还以为世界上像您这样的年轻人已经绝迹了呢！甜食店老板的女儿！"

"这使您感到奇怪吧，"萨宁用颇为庄重的神气说道，"不过，首先得说明，我并没有什么成见……"

"首先得声明，我对于这个一点也不觉得奇怪，"马利亚·尼哥拉耶夫娜打断了他，"我也没有成见。我自己就是个农民的女儿。怎么样？天下居然有敢于钟情的男子，这使我很惊讶，也很高兴。您很爱她，对不对？"

"是的。"

"她一定非常非常美丽！"

萨宁有点为难……然而已经无法回避这些问题了。

"您要知道，太太，"他说道，"每个恋人都认为谁也比不上自己的爱人。不过我的未婚妻——倒的确是个绝色的美人。"

"真的吗？她是哪种类型的？意大利式的吗？古典的吗？"

"唔，她的相貌非常端正。"

"您有她的肖像吗？"

"没有。"（那时候还没有相片，用玻璃底板的照相术刚刚开始应用。）

"她叫什么名字？"

"吉玛。"

"您的呢？"

"德米特里。"

"父名呢？"

"巴夫洛维奇。"

"您知道吗，"马利亚·尼哥拉耶夫娜仍旧慢声慢气地说道，"我很喜欢您，德米特里·巴夫洛维奇，您一定是个好人。把您的手给我，我们做朋友吧。"

她用她那白皙有力的美丽的手紧紧握了握他的手。她的手并不比他的小多少，但是却更温暖，更光滑柔软，也更灵活。

"您知道我有什么想法吗？"

"什么想法？"

"您不会生气吧？您说她是您的未婚妻。然而难道真的……绝对地有这种必要吗？"

萨宁皱起了眉头。"我不懂您的意思，马利亚·尼哥拉耶夫娜。"

马利亚·尼哥拉耶夫娜很柔媚地笑了，她扬了扬脑袋,把垂到脸前的一绺鬈发甩到脑后。"他真是个妙人儿,妙极了,"她带着沉思的、心不在焉的样子喃喃说道,"是个真正的骑士,我以后再也不相信人家说理想主义者已经不复存在的话了!"

马利亚·尼哥拉耶夫娜说的是非常纯正的俄国话,地道的莫斯科口音,是普通老百姓的语言,而不是上流社会的语言。

"我想您是在一个旧式的、非常虔诚的家庭里长大的吧?"她说,"您是俄国什么地方的人?"

"图拉人。"

"这么说我们是同乡。我的父亲……您知道我的父亲,对不对?"

"是的,我知道。"

"他生在图拉……他是图拉人。好吧……"(马利亚·尼哥拉耶夫娜故意用老百姓腔调说这几个字眼。)

"现在我们来谈谈生意吧?"

"您的意思是……谈生意? 您说这话是什么意思?"

马利亚·尼哥拉耶夫娜眯起了眼睛,"唔,那么您到这儿来是干什么的呢?"(她眯起眼睛来的时候,眼光显得非常和善可亲,带一点儿嘲弄的意味。可是一旦她睁大了眼睛就显得冷酷无情。她的眉毛弯弯的,墨黑得像暗夜一样,使她的眼睛显得特别美。)"您不是要我购买您的庄园吗?您结婚要用钱,是这样不是?"

"是的。"

"要很多钱吗?"

"开头有几千法郎也就能对付了。您的丈夫了解我的庄园的情况。您可以和您的丈夫商量商量……我的要价不高。"

马利亚·尼哥拉耶夫娜缓缓摇了摇头。"首先得说明,"她一字一顿地说着,用手指尖点着萨宁的袖子,"我没有和我丈夫商量事情的习惯,只有在衣饰方面是例外——他在那方面是非常在行的。再说,您又何必说您要价不高呢?我并不想利用您正在热恋之中准备做出一切牺牲的这件事……我不接受您的牺牲。怎么!难道我不但不鼓励您那种——您是怎么说来着?——高尚的情感,反而倒乘机来剥您的皮,像人家剥菩提树皮一样吗?我从来不是这种人。我有的时候也很厉害——但不是这么个干法。"

萨宁不明白她是在笑话他还是当真的,心里一直在想:"哼,我真得好好当心!"

一个听差用大托盘端来了一个俄式茶炊、一套茶具、奶油、饼干和其他食物,放在萨宁和颇洛佐夫太太之间的桌子上就退出去了。

她给他倒了一杯茶,"您不介意我用手指头拿糖吧?"她用手指拿了一块糖放进他的杯子里……然而糖夹子明明就在她的手边。

"当然,当然……这么美丽的手……"

他还没有说完这句话,就差一点儿被一口茶噎住了。她以明亮、专注的眼光瞧着他。

"我的庄园要价不高,"他接着说道,"是因为我觉得您现在是在国外,也许没有带很多现钱出来,再说,我明白在目前这种情况下买卖产业也是有点异乎寻常,所以我觉得有必要把这些情况考虑进去。"

萨宁有点语无伦次了,而马利亚·尼哥拉耶夫娜却抱着手臂安然靠在扶手椅上,用她那清亮的眼睛凝视他。末了,他说不下去了。

"别忙,说啊,说啊!"她像是在鼓励他,"我正听着呢——我喜欢听您说话儿。接下去说吧!"

萨宁开始描述他的庄园,有多少亩地,在什么地方,可耕地多少,有哪些出产……甚至连庄园的风景也说到了。马利亚·尼哥拉耶夫娜目不转睛地看着他,神情越来越专注、欢欣。她的嘴唇一直在微微地动着,但并没有笑。她咬住了下唇。萨宁又局促不安起来,再次陷于沉默。

"德米特里·巴夫洛维奇。"马利亚·尼哥拉耶夫娜说着,寻思了一会儿。"德米特里·巴夫洛维奇,"她又说了起来,"您看,我深信买您的庄园对我是很有利的事情,我们一定能够商妥。不过我得考虑——两天,对,两天时间。您能离开您的未婚妻两天吗?假如您不情愿的话,我不会耽搁您更多的时间——保证不会。倘若您目前需要五六千法郎的话,我非常乐意借给您——以后再结账好了。"

萨宁站了起来。"我真不知道该怎么感谢您,马利亚·尼哥拉耶夫娜,我们初次见面,您就这么诚恳、这么热心地帮助我。如果确实十分必要的话,我就在这儿住上两天,等待您对是否买下我的庄园,做出决定。"

"确实是非常之必要,德米特里·巴夫洛维奇,这对于您来说会很难过吗?非常难过?唔,告诉我。"

"我很爱我的未婚妻,马利亚·尼哥拉耶夫娜,离开她是很不容易的。"

"啊,您真是个罕见的男子,"马利亚·尼哥拉耶夫娜叹了口气,"我答应您不会耽搁您太久的时间。您要走了吗?"

"时间已经很晚了。"萨宁说。

"您跑了这么远的路,又和我丈夫玩了这场牌,您的确需要休息了。告诉我,您和我的丈夫希坡里特·西多洛维奇很要好吗?"

"我们是小学同学。"

"他在那个时候就像现在这个样子了吗?"

"像什么样子?"萨宁闪烁其词。

马利亚·尼哥拉耶夫娜猛地哈哈大笑起来,直笑得脸憋得通红,用手帕掩住了嘴。她站起来,仿佛因为太疲乏,脚步有点不稳,她走到萨宁跟前,把手伸给他。

他鞠躬告辞,走向门边。

"明天一早就请过来,听见了吗?"她又叫住了他。

他回过头来,看见她枕着两只手,斜靠在椅子上。宽大的袖子一直滑到肩际,天呀,这一对胳膊的模样,还有她整个的体态真是美得不由人不动心啊!

三十六

午夜以后很久,萨宁房间里的灯还亮着。他坐在写字台前给吉玛写信。他把一切都告诉她,详详细细把颇洛佐夫夫妇描写了一番,不过主要的篇幅是用来表白自己的感情,信尾还约定"三天后再见!!!"(打了三个惊叹号。)

第二天一大早,他就把信送到邮局,然后到公园里去散步,乐队已经开始演奏了。游人还很少,他在音乐厅前喝着咖啡听了一会儿歌剧《魔鬼罗伯特》中的曲子,然后顺着一条幽静的小径找了一条长凳坐着想心事。

一把阳伞的柄在他的肩上飞快地、重重地拍了一下。他吃了一惊……只见马利亚·尼哥拉耶夫娜站在面前。她穿一件灰地绿花的薄绸衫,戴一顶白色绢网帽,手上戴着翻皮手套,新鲜红润得像夏天的早晨。她的举止和顾盼之间,还带着几分惺忪的睡意。

"早安,"她说道,"我打发人去请您,可是您已经出门了。我刚刚喝过我的第二杯……水①。他们要我喝这儿的水,上帝知道是为了什么——难道我还不够健康吗——弄得我只好拿出个把钟头来散步。跟我一块儿走走好吗?走完了,我们就去喝咖啡。"

"我已经喝过了,"萨宁说着站了起来,"不过我很乐意和您一起走走。"

"那么就请您让我挽着您的胳膊……别害怕,您的未婚妻不在这里,她不会瞧见您的。"

萨宁勉强笑了一笑。每当马利亚·尼哥拉耶夫娜提起吉玛,他总有一点不愉快的感觉。可是他仍然恭顺地把胳膊伸给了她……马利亚·尼哥拉耶夫娜的手便慢慢地、软软地放在他的胳膊上,只一滑便似胶着了一样。

"走这一边吧。"她说着,把张开来的阳伞斜放在肩上。"我很熟悉这个公园,我带您去逛逛。您知道

---

①指矿泉水。

吗（她很爱说这句话），现在不谈买卖的事，等吃完早饭再好好谈；现在我要您谈谈您自己……我好知道我是在和怎样的人打交道。随后，如果您愿意听的话，我再对您谈谈我自己。就这样好不好？"

"不过，马利亚·尼哥拉耶夫娜，这有什么意思呢……"

"得了，得了！您误会了我的意思，我并不是在对您卖弄风情，"马利亚·尼哥拉耶夫娜耸了耸肩说，"您已经有了个美得和古希腊雕像一样的未婚妻，难道我还会跟您卖弄风情吗？您是为了出卖庄园——而我呢，我要买。我得了解有关您的货色的所有情况。来吧，好好跟我说说。我不光需要了解我要买的庄园的情况，而且还要了解我在和什么样的人打交道。这是我父亲办事的规矩。好啦，咱们开始吧……小时候的事情可以不说，就说说您到国外来有多久了？到过哪些地方？别走那么快呀，忙什么呢。"

"我从意大利来，我在那儿待了好几个月。"

"唔，凡是意大利的，您都特别喜欢吧？真怪，您倒没在那儿找个对象！您喜欢艺术吗？绘画呢？说不定您更喜欢音乐？"

"我爱艺术……凡是美的东西我都喜欢。"

"那么音乐呢?"

"音乐,我也喜欢。"

"可是,我一点也不喜欢音乐。我只喜欢俄罗斯歌曲,而且一定要在春天的乡村里——您知道吗,大家又歌又舞……穿着红衬衫,头上戴着许多珠子,草坪里长满了嫩草,嗅着农舍里飘来的炊烟味儿……真美妙呀!可是还没轮到我讲呢!说下去吧,谈谈您自己……"

马利亚·尼哥拉耶夫娜缓缓走着,不时瞥萨宁一眼。她身材很高,脸几乎和他相齐。

他讲起他的生活——起先是勉勉强强,说得很生硬,后来越讲越带劲,就滔滔不绝地说起来了。马利亚·尼哥拉耶夫娜很善于倾听别人讲话,她的样子坦率,使得别人也不知不觉地愿意对她开诚布公。她具有法国红衣主教雷慈所说的"容易与人亲密的可怕天禀"。萨宁说起他在国外的旅行、他在圣彼得堡的生活、他的青年时代……如果马利亚·尼哥拉耶夫娜是个态度娴雅的上流社会的贵妇人,他绝对不会这样随便地跟她讲话;然而,她却把自己说成个不拘礼节的好心人,用好心人的态度来对待萨宁。结果,这位"好心人"就以娇媚的姿态在他身旁走着,轻轻倚着他的臂膀,不时朝他望望。他身边的这位少妇具有能够毁灭我们这些意志薄弱的凡人的魅力,这种魅力无法抗拒,使人发狂;只有斯拉夫种的女人,而且只有混血的斯拉夫种女人才具备这种魅力。

这席话谈了一个多钟头。他们一直没有停步,顺着公园里没有尽头的小径不住脚地走,有时登上山坡赏玩风景,有时又下到平地,走进浓荫深处——始终是手挽着手。萨宁有时也不免有些烦恼——他从来没有和吉玛,他亲爱的吉玛一起这样长时间地散过步……而这位夫人却把他独占了!"您疲倦了吗?"他不止一次地问她。"一点也不疲倦。"她答道。他们时常碰见别的游人,几乎个个都和马利亚·尼哥拉耶夫娜打招呼。有的不过是出于礼貌,有的摆出一副谄媚的样子。其中有一位漂亮的面色黧黑的年轻绅士,衣着时髦考究,她老远就用标准的巴黎国音大声对他说道:"Comte, vous savez, il ne faut pas venir me voirni aujourd'hui, ni demain.(伯爵,今明两天您无论如何一定不要来看我。)"

他默默地脱下帽子深深一鞠躬。

"他是谁?"萨宁问道,他有一般俄罗斯人都有的好问的恶习。

"他吗？是个法国人——这儿这种人多得很……他也对我献殷勤。哦,是喝咖啡的时候了,我们回去吧。我想这会儿您也该饿了吧。我那位宝贝丈夫也该扒拉开他的眼睛了!"

"宝贝丈夫!扒拉开眼睛!"萨宁心里想道,"……她的法国话倒说得很地道!好个古怪的女人!"

马利亚·尼哥拉耶夫娜说得不错。当她和萨宁回到旅馆的时候,那位"宝贝丈夫""肉团团"戴着他那不可或缺的红色土耳其帽子,已经端坐在摆好早点的桌子前面了。

"我以为你不来了呢,"他噘起嘴叫道,"我正打算独自喝咖啡哩!"

"不要紧,"马利亚·尼哥拉耶夫娜快活地说,"生气了吗?这对你有好处,要不然你该完全僵化了。瞧,我给你带了个客人来,快按铃吧。我们来喝咖啡,顶好的咖啡——用萨克森产的瓷杯盛着,放在雪白的桌布上!"

她摘掉帽子和手套,拍起掌来。

颇洛佐夫翻起眼睛看了她一眼。

"你今天为什么这么兴奋,马利亚·尼哥拉耶夫娜?"他小声问道。

"不干你的事,希坡里特·西多洛维奇!按铃!坐下,德米特里·巴夫洛维奇,再喝一次咖啡。啊,我喜欢下命令!这是世界上最最使人开心的事情。"

"那也只是在人家服从你的时候。"她的丈夫咕噜道。

"那是当然,正因为如此,我才这么高兴呀;特别是跟你在一起的时候,对不对,肉团团?啊,咖啡来了!"

茶房送来的大盘子上有一张戏院的海报,马利亚·尼哥拉耶夫娜一把抓了过来。

"话剧!"她很不高兴地叫了起来,"德国话剧!唉,总比一出德国喜剧强。"她向茶房说道:"去给我定一个包厢,要楼下的——不,还是 Fremden-Loge(外国人包厢)更好。听见了没有,一定要 Fremden-Loge!"

"要是市长大人(Seine Excellenz der Herr Stadt Director)把 Fremden-Loge 定去了呢?"茶房鼓起勇气问道。

"给市长大人十个塔列尔①,但是一定要把Frem-den-Loge弄到手,听明白了吗?"

茶房恭顺地低了低头。

"请您和我一起去看戏好不好,德米特里·巴夫洛维奇?德国演员糟糕得很,不过还是请您去看看……去吧?真的吗?您真好!你呢,肉团团,你不想去,是不是?"

"随你的便。"颇洛佐夫正把杯子端到嘴边说道。

"你知道吗,你最好待在家里。你在戏院里老是打瞌睡,再说你也不大听得懂德国话。我说你最好是——给我的管事写个回信,说说磨坊的事儿——说说给农民们磨面粉的事儿。告诉他我不答应,不答应!这够你干一个晚上的……"

"好吧。"颇洛佐夫说。

"这就对了!你真是个聪明的乖孩子!好啦,先生们,既然说到了管事的,我们就来把正事办一办吧。等茶房把碗碟收走,就请您对我们谈谈您的庄园的情况,德米特里·巴夫洛维奇,所有的情况您打算要个什么价,要求预付多少——所有的事都谈一谈。"("终

---

①十八、十九世纪德国的银币。

于谈到正题了,"萨宁想道,"谢天谢地!")"您已经对我说了一些,我记得您很愉快地把您的庄园给我描绘了一番——不过肉团团没有听见……给他也讲一讲,说不定他会讲出点有用的话来。想到我能促成您的婚姻,我很高兴。——再说,我答应过您早饭后谈您的事情,我向来说话是算数的,对不对,希坡里特·西多洛维奇?"

颇洛佐夫用手摸了摸脸。"这话不假——你从来不骗人。"

"我绝不骗人。来吧,德米特里·巴夫洛维奇,像在参议院里一样,把您的情况叙述一下吧!"

三十七

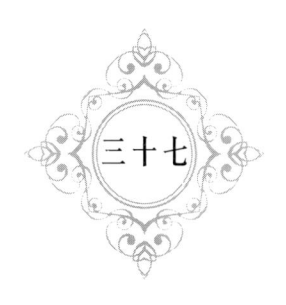

于是,萨宁把他庄园的情况详详细细叙述了一番。这就是说,他再度把他的庄园描绘了一遍;没有再讲它的自然风景之美,只是不时提出一些"具体事实和数字",要颇洛佐夫来证实他的话。颇洛佐夫只咕噜了几声,摇了摇头,天知道是在表示赞成还是表示反对。其实,马利亚·尼哥拉耶夫娜并不需要他的帮助。她的商业才能和办事能力真叫人叹服。她深知地产管理的诀窍,盘问得非常仔细、在行。她说的每句话都很中肯,毫不含糊。萨宁没有料到会有这番盘问,一点准备都没有。这次盘问持续了一个半钟头。萨宁的感觉犹如犯人坐在一个既严厉又精明的法官面前的窄木凳上。"怎么啦,不过是例行的诘问罢了!"他狼狈不堪地自我解嘲道。马利亚·尼哥拉耶夫娜一直在笑，像在玩似的，但是萨宁却很不自在。"诘问"时他闹不清"重新分配"和"耕种面积"的确切含义，大颗的汗珠从他的额角上渗了出来……

"好了，"马利亚·尼哥拉耶夫娜终于果断地说，"现在我了解您的庄园的情况了……了解得和您自己一样清楚。那么，每个魂灵您打算要多少钱呢？"（众所周知，那时候庄园的价格是以农奴的多少来计算的。）

"这个……我想……总不能少于五百卢布吧……"萨宁费了好大的劲才把这句话说了出来。（啊，邦塔列沃勒，邦塔列沃勒，你在哪里？现在是你喊 Barbari 的时候了！）

马利亚·尼哥拉耶夫娜抬眼望着天花板，仿佛是在盘算。

"行！"她过了一会儿说道，"这个价钱我看并不过分，不过我说过要缓两天才能做出决定，所以您得等到明天。我相信我们一定能够讲妥，到那个时候您再告诉我您打算要我付多少定金。而现在呢，Basta Cosi（意语：够了）！"一见萨宁有不同意的表示，她就连忙喊了起来。"我们谈肮脏的钱的事情已经谈得够多的了，à de main les affaires！（法语：买卖的事情明天再说吧!)……您知道吗,我让您,"说到这里,她从腰带里拿出一个珐琅壳的小表看了看时间,"……休息到三点钟……我应该让您休息休息。玩玩轮盘赌吧。"

"我从来不赌。"萨宁说。

"真的吗?您真是个完人!然而我也不赌,把钱白白扔掉是很愚蠢的。不过您可以到赌场里去见识见识。有些人非常特别。有位老太太头上戴了一顶冠,长了两撇胡子——真值得一看。还有一位王子,也很有味道。他的神态非常尊严,长了个鹰钩鼻子,每下一个塔列尔的注,就要在背心底下偷偷画个十字。那么,您去读读杂志,散散步,总之,随便做点什么……不过一到三点您就得来……de pied ferme(法语:不见不散)。晚饭得早点儿吃。这些古怪的德国人七点钟就开戏,"她伸出手来,"Sans rancune,n'est-ce pas?(法语:您不怨我吧?)"

"哦,马利亚·尼哥拉耶夫娜,我为什么要怨您呢?"

"因为我折磨了您。且等着瞧吧,往后……"她说着眯起了眼,所有的酒窝就都一齐出现在她那绯红的脸颊上了,"再见!"

萨宁鞠了一躬,走了出来。他身后是一串嘻嘻的笑声。他走过一面镜子时,从镜子里看见了一个这样的情景:马利亚·尼哥拉耶夫娜把她丈夫的红色土耳其帽一直往下按得盖住了他的眼睛,他的两只手在空中乱摆着抵挡。

三十八

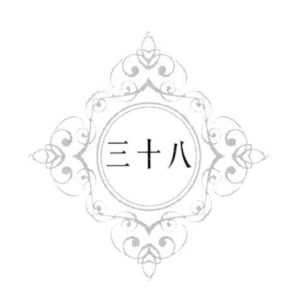

啊,当萨宁独自一人回到房间里的时候,他是多么轻松地叹了口气啊!马利亚·尼哥拉耶夫娜说得对,他的确需要休息——他需要暂时忘记他的新相识、新的见闻和那些谈话。由于意外地和一个素昧平生的女人亲密相处,他心底里浮起了一层迷雾。他需要休息一下,摆脱这重迷雾。这一切发生在怎样的时候呀!恰恰在吉玛向他吐露爱情,他已成为她的未婚夫的第二天!真罪过!虽然他并没有做什么见不得人的事,但是他在思想上还是向他那纯洁无瑕的小鸽子上千遍地请求饶恕;上千遍地吻了她赠给他的那个小十字架。倘若不是他一定得迅速、圆满地完成他到威斯巴登来的使命,他真恨不得插翅飞回去——回到亲爱的法兰克福，回到那家一样温暖的房子里，回到她身旁，扑倒在她可爱的脚前……但是他已经身不由己，收不住脚了——他只得去梳洗、去吃饭，然后上戏院……但愿她明天能让他早点走掉！

使他烦躁不安甚至恼怒的还有一件事：尽管他不断地以柔情、以感激不已的快乐心情想念吉玛，怀念他们在一起度过的时光，憧憬未来的幸福日子；然而这个古怪的女人，这位颇洛佐夫太太的形象却总是不肯放过他。唉，她的影子时刻钻到（这是萨宁在羞愤、恼怒之际这样说的）——钻到他眼前来；而他竟无法赶走她的影子，忘不了她的声音和说过的话，甚至排遣不掉由她衣服里散发出来的香气的余味——那种很特别的新鲜而又沁人心肺的百合花一般袭人的香气。这个女人显然是在戏弄他、调侃他，想出一个又一个的花招，但是她到底有什么目的呢？她想要什么？难道这只是一个娇纵惯了的阔太太，一个差不多可以称之为放荡女人的一时任性？还有那位宝贝丈夫，真是个怪人！他跟她的关系究竟怎么样？……咳，颇洛佐夫先生及其夫人跟他萨宁有什么关系，他为什么要去想这些问题呢？为什么即使在他倾心于另一位光明纯洁得像夏日一样的少女的时候，他也无法驱散这个萦绕在他心头的影子？这影子怎敢透过那几乎是神圣的面影出现？然而它不但敢于出现，而且还带着嘲弄的微笑。这对摄人魂魄的灰色眼睛，脸蛋上的酒窝和那对卷曲的垂着的小辫子——难道这些已经迷住了他，使他无力挣脱了吗？

胡说！胡说！到了明天，一切都会不留痕迹地过去……可是，她明天能让他走吗？

他一再忖度这些问题，时间已近三点，他穿上了一件黑色的礼服，在花园里散一会儿步，便向着颇洛佐夫夫妇的房间走来。

他在客厅里遇见了某使馆的秘书，那是个德国人，个子细长得像根芦笋，一头淡黄色头发，一张马脸，脑后有一条笔直的头发缝路（这在那时是一种时髦打扮）——还有一个人，谁？难道不是几天前和他决斗过的军官邓何夫吗？他没有料到会在这里遇见邓何夫，一时有些尴尬，但还是鞠了一躬。

"你们彼此认识吗？"马利亚·尼哥拉耶夫娜问道，萨宁的不安没有逃过她的眼睛。

"是的，我已经有过这种荣幸，"邓何夫说着，稍稍向马利亚·尼哥拉耶夫娜偏过身去，带着微笑小声地加了一句,"就是他……您的同胞……我和您说起过的那个俄国人……"

"真的吗?"她也小声喊了起来,用告诫的神情朝他摇了摇手指头,然后立刻对他和那位身材瘦长的秘书说再见。那位秘书看来对她简直是神魂颠倒,盯着她看的时候总是张大了嘴巴。邓何夫像是个常客,很知趣地马上告辞,态度既有礼貌又很驯服。秘书想赖着不走,但是马利亚·尼哥拉耶夫娜毫不客气地撵起他来。

"到您的那位贵妇人那儿去吧,"她说(当时在威斯巴登有一位摩洛哥公主,其实很可能是个下等女人),"干吗在我这么个平民家里浪费时间?"

"亲爱的夫人,"不知趣的秘书还在纠缠,"世界上所有的公主……"

可是,马利亚·尼哥拉耶夫娜一点不讲情面——秘书就只好带着他脑后的那道头发缝路走了。

正如我们的祖母们时常说的,马利亚·尼哥拉耶夫娜的穿戴"把她的优点都衬托出来了"。她穿了一件闪闪发光的粉红色的绸衫,丰当式[①]的袖子,耳朵上

[①] 法国国王路易十四的情妇丰当公爵夫人(1661—1681)创造的时装样式。

戴着金刚钻耳环,眼睛亮得和钻石一样。她神采奕奕,美艳动人。

她让萨宁靠近她坐下,和他谈论她几天内就要去的巴黎,谈论使她厌烦得要死的德国人。她说,当他们想要显得有风趣的时候总是十分笨拙,可是笨拙的时候倒又很不得体地显得有风趣。过了一会儿,她猝然脱口问他,他是不是真的为了一位女郎和刚才的这位军官决斗过。

"您怎么知道的?"萨宁讷讷地问,非常吃惊。

"什么样的事都可能传开,德米特里·巴夫洛维奇,我还知道正义在您这一边,您的行为像个真正的骑士。告诉我,这位女郎就是您的未婚妻吗?"

萨宁轻轻地皱了皱眉头……

"好啦,我不打听了,"马利亚·尼哥拉耶夫娜连忙说道,"您不乐意谈这件事,请原谅,我再也不问了,别生气呀!"这时颇洛佐夫手里拿了一张报纸从隔壁屋子里走了过来。"你要什么吗?是晚餐准备好了吗?"她问他道。

"晚饭马上就好。你看看《北蜂报》上这条消息——格罗莫波伊亲王死了。"

马利亚·尼哥拉耶夫娜抬起了头。

"他死了么？上帝保佑他的灵魂！每到二月份我过生日的时候，"她转向萨宁说道，"他总是在我所有的房间里摆满了茶花。但是我不能仅仅为了这一点留在圣彼得堡过冬。他该有七十多了吧？"她又回过头去问她丈夫。

"应该有了。报纸上描写了他的葬仪，所有宫里的人都到场了，柯夫里希金亲王还写了悼念他的诗。"

"真不错。"

"要不要我念给你听？亲王说他是个真正的大丈夫。"

"不，不，我不要听。他算得上大丈夫吗？他不过是塔吉娅娜·尤里耶夫娜的丈夫罢了。我们还是用晚餐吧，别替古人担忧了。德米特里·巴夫洛维奇，让我挽着您的胳膊。"

晚饭和昨天一样丰盛，谈话也进行得很热闹。马利亚·尼哥拉耶夫娜很有口才，这在女人里，尤其是在俄国女人里是很少有的。她想到什么就说什么，议论得最多的是她的女同胞。有些辛辣生动的用语不止一次引起了萨宁的笑声。马利亚·尼哥拉耶夫娜最恨那些虚伪、圆滑的言辞和谎话……偏偏到处都是这种东西。她最喜欢炫耀她童年时代的卑微处境，总爱把自己说成个乡巴佬，还讲了一些关于她的幼年和她那些亲戚的一些离奇古怪的故事。她说："我跟彼得大帝的母亲纳塔里·奇丽诺夫娜一样，穿过树皮鞋。"

萨宁看得出比起和她同龄的那些女人来，她经受过不少折磨。

颇洛佐夫一心一意专注在吃喝上，只不过偶尔用他那淡色的貌似呆滞而其实洞察一切的眼睛看看他的妻子和萨宁。"你真是个聪明的好孩子，"马利亚·尼哥拉耶夫娜对他说道，"你到法兰克福去给我买来的东西都好极了，我要在你的额上亲一亲作为酬报……不过你并不喜欢这一套。"

"是的。"颇洛佐夫说着，用一把银制的水果刀切菠萝。

马利亚·尼哥拉耶夫娜看着他，手指敲着桌子。

"我们打的赌还算不算数呢？"她意味深长地问道。

"当然算数。"

"好极了，你一定会输。"

颇洛佐夫抬了抬下巴。"哼，这一回呀，马利亚·尼哥拉耶夫娜，别太自信了，我认为你这回要输。"

"你们打什么赌了?"萨宁问,"我能知道吗?"

"现在还不能。"马利亚·尼哥拉耶夫娜说着大笑起来。

时钟敲了七点。茶房来报告马车已经准备好了。颇洛佐夫站起来送了他女人几步,马上又走回去倒在沙发上。

"别忘了给管事的写信!"马利亚·尼哥拉耶夫娜在穿堂里朝他叫道。

"放心吧,忘不了!我是说话算数的。"

三十九

在一八四〇年，威斯巴登的戏院是很简陋的；而剧团里呢，不过是些装腔作势的庸才，死死板板的老一套，丝毫不比现在德国戏院的普通水准高。如今最符合这个水准的，莫过于在著名的德维里特先生"卓越"领导下的卡士路赫剧团了。

在"尊贵的颇洛佐夫夫人"租订的包厢后面（天知道这位茶房是用什么办法把包厢租到手的，他总不能对市长大人去行贿，对不对？）有一间小小的休息室，里面摆着沙发。马利亚·尼哥拉耶夫娜在进门之前，先让萨宁把用来隔开剧场和包厢的屏风立了起来。

"我不想让人家看见我，"她说，"要不然他们全都会跑来。"她让他在身旁坐下，背朝观众，使包厢看起来像是空着的样子。

乐队奏起了《费加罗的婚礼》的序曲,帷幕徐徐升起,戏开始了。

这是许多"土产"剧本之一。作者有学问而少才华。他费了九牛二虎之力笨笨拙拙地写成了这个剧。风格上是挑不出毛病的,但是一点生气也没有。添加了一些"深刻"或"无比重要"的思想,运用了一点所谓的悲剧冲突,其效果是沉闷至极,简直可以称之为"亚细亚式的"——犹如虎列拉有普通虎列拉和亚细亚虎列拉之分。马利亚·尼哥拉耶夫娜耐心听了半幕,后来那位年轻的情人发现他所钟情的女郎对他不忠(他穿了一件灯笼袖、天鹅绒镶领的棕色礼服,一件带珠光纽扣的条纹背心,一条有漆皮吊带的绿色长裤和白翻皮手套),就把紧紧握着的双拳放在胸口上,两肘呈锐角伸向前方,像狗一样地号叫起来。马利亚·尼哥拉耶夫娜听不下去了。

"法国最边远的小镇上最低劣的演员也比德国第一流的名演员强,也自然得多。"她大为愤慨地说着,退到包厢里间。"来吧,"她拍了拍身旁的沙发对萨宁说,"我们来聊一会儿天吧。"

萨宁依从了她。

马利亚·尼哥拉耶夫娜瞟了他一眼。"您真柔和得跟牛奶一样,当您的妻子一定很舒服。您看那个疯子——"她用扇子指了指那个演员(他扮的是个家庭教师),"那个疯子使我想起了我做姑娘的时候。有一次,我爱上了一个家庭教师。他是我初恋——不,是第二次恋爱的对象。我第一次爱的是东斯科伊修道院的一个教士。我那时刚刚十二岁,只有礼拜天才看得见他。他穿一件黑绒的法衣,身上带了股薰衣草的味道,手里拿着香炉穿过人群,用法国话对太太小姐们说道:'Pardon,excusez.(对不起,请原谅。)'眼睛总是看着地下。他那对睫毛足有这么长!"马利亚·尼哥拉耶夫娜用拇指的指甲掐着半截小手指头比画着。"我的老师的名字叫加斯通先生,您知道吗,他是个瑞士人,非常有学问,严格得很——他的相貌很有男子气概,漆黑的连鬓胡子,希腊人的脸型,嘴唇像铁铸的一样。我有点怕他。我生平只怕过他一个。他是我兄弟的家庭教师——我这位兄弟后来死了,是淹死的。有个吉普赛人给我算命,说我以后得凶死,这都是瞎说,我不相信这一套。您能想象希坡里特·西多洛维奇拿起一把匕首……"

"人可以有别的死法,不一定死在匕首上。"萨宁应道。

"这些都是胡说。您也迷信吗?我一点也不。该来的事就让它来吧!加斯通先生就住在我们家里,他的房间正好在我房间的上面。我有时半夜醒来,倾听他的脚步声——他总是睡得很晚——我对他崇拜得很……也许还掺杂有别的感情。我父亲识字不多,不过却让我们受到了很好的教育。我还懂拉丁文呢。"

"您吗?拉丁文?"

"是的——就是我!加斯通先生教我的,我跟着他读完了《爱乃传》[①]。很沉闷,不过有些段落很有趣。您记得狄多和爱乃[②]在树林子里的那一段吗?……"

"是的,我记得。"萨宁很快地说。他早就把拉丁文忘光了,对《爱乃传》只有一个非常模糊的印象。

马利亚·尼哥拉耶夫娜斜着眼睛从头到脚地看了他一眼。"不过,您别以为我有什么学问,老天爷,我一点学问也没有,什么也不会。不会写……不会高声朗诵,真的,不会弹琴、画画,也不会缝纫——一无所能!我就是这么个人!"

[①]古罗马诗人维吉尔写的史诗。
[②]狄多是迦太基女王,爱乃是希腊神话中特洛伊之战的英雄。他因海上失事被海浪冲到迦太基,狄多由于得不到他的爱情而自杀。

她张开两臂,"我跟您说这些,"她接着往下说"首先是为了不去听那些蠢货!"(她指着舞台,这时在台上号叫的已经不是男角而是个女角了,她也把两肘伸向前方。)"再说,我还欠着您的账呢——昨天您已经对我谈过您自己的事情了。"

"是您要我说的。"萨宁声明。

马利亚·尼哥拉耶夫娜突然转过头来对着他。

"难道您就不想了解我是个什么样的女人吗?当然这也不奇怪,"她又补了一句,然后倚在沙发的靠垫上,"一个男人出于爱情,经过决斗,好不容易快要结婚了,哪有时间想到别的女人呢。"

马利亚·尼哥拉耶夫娜停了一停,用她那相当大的、整整齐齐白得像牛奶般的牙齿咬啮着她的扇柄。

萨宁觉得两天来一直窒息着他的那股迷雾又升上了头脑。

他和马利亚·尼哥拉耶夫娜之间的这场谈话是小声进行的,差不多是在窃窃私语,这使他心慌意乱得更厉害。

这一切什么时候才有个完?意志薄弱的人从来不会及时回头,总是听任事情自然发展下去。

台上有人打了个喷嚏——作者为了造成"喜剧性

的效果"或者加入"滑稽成分",故意在剧中安排了一个打喷嚏的情节。这个剧别的地方并没有滑稽的成分,所以观众对仅仅这么一点点可笑的地方,也很感到高兴,都笑了。

这阵笑声也使得萨宁心神不安。

有的时候,他简直不知道他究竟是在生气还是快乐,是厌烦还是觉得有趣。天哪,假如吉玛这会儿看见了他,该怎么想呢!

"真有意思,"马利亚·尼哥拉耶夫娜突然说道,"一个男子会心平气和地对人说:我打算结婚了。但是决不会有人心平气和地说:我打算投水了。其实,这两者之间有什么差别呢?真有意思,是不是?"

萨宁恼火了。"差别很大,马利亚·尼哥拉耶夫娜。对于有些人来说,投水也没有什么可怕——他们会游泳。至于某些离奇的婚姻,既然您已经提起……"

他住了嘴,咬着自己的舌头。

马利亚·尼哥拉耶夫娜用扇柄敲着自己的手心。

"往下说呀,德米特里·巴夫洛维奇,说下去呀。我知道您想说什么。您想要说的是:既然您提起了这一点,亲爱的夫人,那我就要说,最离奇不过的,莫过于您自个儿的婚姻了;别忘了我从孩提时代起就认识您的丈夫。您想要说的是会游泳的您,难道不就是这个么?"

"请容许我……"

"我说得对不对?我说得对不对?"马利亚·尼哥拉耶夫娜连连问道,"来,看着我的眼睛说说看,难道我说得不对吗?"

萨宁窘得无地自容。"好吧,就算是这样——假如您非要我说不可的话,那么我就只好说,您说得不错。"他终于脱口而出了。

马利亚·尼哥拉耶夫娜摇了摇头。"唔,那么……您就不想一想,您这个会游泳的人为什么不想一想,一个既不穷,又不蠢,也不……丑的女人,为什么会采取这么离奇的行动?这也许不会使您发生兴趣,不过不要紧,我会把其中的道理告诉您,只是现在还不能,等休息时间完毕,开幕的时候我再告诉您。我总怕有人进来……"

马利亚·尼哥拉耶夫娜的话音还没有落,包厢的门就给人推开了一道缝。一张脸伸了进来——一张因为出汗而显得油亮油亮的大红脸。年纪还轻,但是已经没了牙,一个下垂的长鼻子,一对像蝙蝠翅膀一样伸展开的大耳朵，耳朵背后是一圈长而直的头发；一副金边眼镜架在他那对呆滞而又好奇的小眼睛上面，眼镜上还带了一副夹鼻眼镜。这张脸在包厢里瞧了一圈，令人作呕地咧开嘴嘻嘻一笑，不住地点头。接着，又伸进了一条满布青筋的脖子。

马利亚·尼哥拉耶夫娜朝那张脸挥了挥手帕。"我不见客！Ich bin nicht zu Hause，Herr P．Ich bin nicnt zu Hause…Scat！（德语：我没空……去！）"

那张脸上的表情转为惊讶，勉强笑了一笑，竭力仿效他崇拜得五体投地的李斯特[①]，一字一哏地说道："Sehr gut！Sehr gut！（德语：很好！很好！）"然后就不见了。

"这个怪人是谁？"萨宁问。

"他么？是威斯巴登的一位批评家。是文学评论家，也是个奴才，随您怎么叫都成。他现在正拿着本地的包税人的钱，所以看见什么都赞扬，对谁都表示热心。其实他也是牢骚满腹，只不过不敢说出来罢了。我很有点儿怕他，他喜欢饶舌，一定会到处去说我在这里看戏。罢了，真倒霉！"

[①] 李斯特（1811—1886），匈牙利作曲家、钢琴家。

乐队奏了一会儿华尔兹,帷幕又拉开了,台上装腔作势,号叫得更厉害了。

"好啦,"马利亚·尼哥拉耶夫娜说着,又倚在沙发的靠垫上,"既然您不得已坐在我的身边,无法享受和未婚妻团聚的快乐——别把眼睛瞪得那么可怕,不要生气——我明白您的心事,我已经答应您爱到哪里就到哪里去——但是现在,您却得听我说。您想知道我最爱的是什么吗?"

"自由。"萨宁答道。

马利亚·尼哥拉耶夫娜把她的手放在他的手上。

"对,德米特里·巴夫洛维奇。"她说这话的时候,确有几分真诚和庄重的味道。"自由高于一切,先于一切。别以为我是在吹牛——根本没有什么好吹的——我一向热爱自由,今后也当永远如此,直到我死的那天。我童年时代见识过许多人奴役人的情况。我自己也受过这种苦,唔……唔……是我的老师加斯通先生打开了我的眼界。现在您也许懂得了我为什么要嫁给希坡里特·西多洛维奇了。我和他在一起可以不受约束,非常自由,自由得同空气、同风一样……在我和他结婚之前就明白,和他在一起生活我能自由得和一个无拘无束的哥萨克人一样!"

马利亚·尼哥拉耶夫娜停了一停,把扇子抛到一边。

"我还可以告诉您——我并不反对思考……思考是一件很有味道的事情,我们的头脑天生就是用来思考的;但是,我从来不去考虑我的行为的后果——从来不。自己做的事,我一点不悔恨,根本用不着。我遵循的格言是:Cela ne tire pas à conséquence.(法语:这不会造成严重后果的。)——我不知道用俄语该怎么说。再说,什么会"造成严重后果"呢?您知道吗,在这个世界上,谁也不会来清算我——至于到了那里,"她向天举起一个手指头,"唔,他们想怎么办就怎么办吧。到了那里裁判我的时候,我也就不成其为我了。您是在听着吗?您听得厌烦了吧?"

萨宁正弓着身子坐着,这时他抬起了头。"我一点也不觉得厌烦,马利亚·尼哥拉耶夫娜,我怀着极大的好奇心在听。只是……我……老实说……我在想您为什么要把这些话讲给我听呢?"

马利亚·尼哥拉耶夫娜不知不觉地凑近了一些。"您在想……难道您真的那么迟钝?再不然就是太老实了?"

萨宁的头抬得更高了。

"我跟您说这些,"马利亚·尼哥拉耶夫娜语气非常安详,但是她脸上的表情却完全不是这样,"因为我喜欢您。别那么大惊小怪,我并不是在开玩笑。我不愿意给您留下一个不好的印象……印象不好倒也没有什么关系,然而错误的印象却……正是因为这个我才把您带到这里来,单独跟您坐在一块儿,这么坦率地跟您说话。对呀,坦率地说话。我并没有撒谎。听着,德米特里·巴夫洛维奇,我知道您爱的是别人,而且快要和她结婚了……要知道我并没有什么私心。好啦,这下该轮到您来说:Cale ne tire pas à conséquence.(然而……这不会造成严重的后果。)"

她笑了,但突然又收住了笑声。她坐着一动不动,仿佛对自己说过的话感到震惊。她的眼睛一向是非常愉快大胆的,这时却显得似乎有些羞怯,甚至有些忧郁。

"真是条蛇!啊,真跟蛇蝎一样!"萨宁想道,"然而是条多么美丽的蛇啊!"

"把我的带柄眼镜递给我,"马利亚·尼哥拉耶夫娜突然说道,"我想要看一看——那个年轻的女主角真的是那么丑吗?这使人觉得政府是出于道德目的选中了她的,好使年轻人不至于受她的诱惑。"

萨宁把带柄眼镜递给了她。她在接过眼镜的时候,极轻地捏了捏他的手。

"别那么一本正经,"她嫣然含笑,悄声低语地说道,"您知道吗,人家束缚不了我,我也不去束缚别人,我爱自由,我不承认义务——这不光是指我自己。好啦,坐开一点儿,听听戏吧。"

马利亚·尼哥拉耶夫娜把带柄眼镜对准了舞台,萨宁也朝舞台的方向看着。他在半明半暗的包厢里坐在她的身旁,不由自主地呼吸着她那娇美的身体溢出来的温香……脑子里不由自主地在回味着这一晚她对他说过的所有的话——特别是最后那几分钟说的话。

四十

戏又继续演了一个多钟头,马利亚·尼哥拉耶夫娜和萨宁不久就不再朝台上看,专顾说话了。话题还是和先前一样,但是这回萨宁不再保持沉默。他心里很生自己的气,也很生马利亚·尼哥拉耶夫娜的气;他打算说明她的"理论"是站不住脚的——好像她真的会对"理论"感兴趣似的!使她暗中高兴的是,他开始和她争辩。这说明他已经屈服,或者快要屈服了。他已经吞下了钓饵,让步了,快要驯服了。她反驳、大笑、表示同意,假装在思考,然后再度展开攻势……他俩的脸越挨越近,她看他的时候,他也不再把眼睛转向一边……她的眼睛总在他脸上转,他也报之以微笑,当然这不过是出于礼貌,然而他毕竟笑了。她把他引向对抽象问题的讨论，谈起男女关系上的忠诚、责任、爱情与婚姻的神圣性质，等等，这些都非常合乎她的需要。谁都知道用抽象的主题作为开端……作为起点是再好不过的……

深知马利亚·尼哥拉耶夫娜的人说，每当她那刚健有力的作风，突然转为脉脉含情和端庄凝重得几乎类似处女的娇羞时——谁也不明白她怎么会具备这样一种本领——哼……那么事情就很危险了。

萨宁的确走到了危险的边缘。如果他能深自反省一下，他一定会看不起自己；然而他既没有时间来反省，也没有时间来看不起自己。

而她则一秒钟也不肯放松。她费尽心机只不过为的是一个漂亮小伙儿！人们不由得会问：这给他带来的，究竟是福，还是祸？

戏总算演完了。马利亚·尼哥拉耶夫娜要萨宁把披肩给她披上。当他把柔软的披肩覆盖在她那惊人美丽的肩上时，她站着一动也不动。然后她挽起他的臂膀，走到穿堂里——猛地，她吓了一大跳，几乎喊出声来：邓何夫像鬼影般出现在包厢门口。那位威斯巴登批评家的丑恶形象躲躲闪闪藏在邓何夫背后。文学批评家油光光的脸上一副恶毒的得意之情。

"太太,您愿不愿意我把您的马车叫过来?"年轻军官的声音因抑制不住的愤怒而颤抖。

"不,谢谢您,"她回答说,"我的听差会去料理……您歇着吧!"她以命令的口气悄声补了一句,拉着萨宁就飞快地走了。

"快滚,老跟在我后面干什么?"邓何夫突然转身对着批评家发起火来。他的怒气需要发泄。

"Sehr gut!Sehr gut!(德语:很好,很好!)"批评家一面溜一面含糊应道。

马利亚·尼哥拉耶夫娜的听差在门廊下等着,一瞬间就找来了马车。她很快上了车,萨宁也跟着一跃而上。车门砰的一声关上,马利亚·尼哥拉耶夫娜哈哈大笑起来。

"您笑什么?"萨宁问她。

"啊,请原谅……我正在想,邓何夫要是再跟您决斗一次——这次是为了我,那该有多妙!"

"您跟他很熟吗?"萨宁问。

"那小子吗? 他只不过是听我差遣,别担心。"

"我一点儿也不担心。"

马利亚·尼哥拉耶夫娜叹了一口气。

"哼,我知道您不担心。您知道吗,您这么听话,我敢肯定您一定不会拒绝我最后的要求。别忘了,我三天以后就要去巴黎,而您又要回法兰克福去。谁知道我们什么时候才能再见呢!"

"您对我有什么要求?"

"您会骑马吧?"

"当然啦。"

"那就好了。明天早晨我带您骑马到城外去玩玩。挑最好的马,然后回来,把买卖的事了结一下,就算万事大吉!别大惊小怪,别说我的想法太古怪、发了疯——很可能我是真疯了——我只要求您答应一声:'我愿意去。'"

马利亚·尼哥拉耶夫娜转过脸来看他。马车里很暗,她的眼睛在暗中显得更亮了。

"好吧,我答应去。"萨宁说着叹了一口气。

"嗨嚱!"她取笑他说,"我明白您为什么要叹气——您的意思是说:酒既然已经斟好,就只好喝下去。您真可爱、真好,我一定要遵守我的诺言。这儿是我的手,是右手,没戴手套,是签字的手。握着这只手吧,对它要有信心。我自己也不知道我到底是个什么样的女人,不过我至少是个诚实的人,做买卖靠得住的人。"

萨宁情不自禁地把这只手拿起来贴在嘴唇上。马利亚·尼哥拉耶夫娜轻轻地把手抽回,忽然沉默起来,直到马车停下,她一句话也没有说。

她起身下车。怎么,究竟是萨宁的幻觉还是确实发生了这样的事……他觉得有一点灼热的东西在他脸上触了一下……

"明天见!"马利亚·尼哥拉耶夫娜悄声在他耳朵边说道。她走上台阶的时候,一个穿绣金制服的司阍擎着一支明晃晃的四支烛的烛台迎候。她低垂着眼睛说:"明天见!"

萨宁回到房间里,看见桌上有一封吉玛的来信。他第一个反应是感到惶恐,继而很快高兴起来,借以掩盖他所感到的惶恐。信只有寥寥数行。吉玛说,事情一开头就那么顺利,她很高兴,劝他耐心一点,家里人都好,都以快乐的心情盼着他快些回来。萨宁觉得这封信不够热情,但是还是拿起了纸笔,然而又放下了。

"写什么好呢?我明天就该回去了——是时候了!"

他立刻上了床,想尽快睡着。他若是醒着就免不了会想起吉玛,而他一想起她来就羞愧难当。他的良心感到不安。不过他又聊以自慰地想道,到了明天这一切就都会成为过去,他将和那位古怪的夫人永别,把这一切胡闹都忘个一干二净……

意志薄弱的人在反躬自省的时候每每爱用慷慨激昂之词。然而……Cela ne tire pas à conséquence！（这不会造成严重的后果！）

四十一

这些是头天晚上萨宁临睡时的想法。第二天一早,马利亚·尼哥拉耶夫娜急匆匆用马鞭的珊瑚柄叩萨宁的门,出现在他的房门口。她那深蓝色骑马服的衣襟搭在手腕上,一顶男式小帽俏皮地斜戴在松松挽就的辫子上,面纱披在肩上,嘴唇、眼睛和整个面庞都含着诱人的微笑。这时萨宁又是怎样想的呢?这个故事没有告诉我们。

"准备好了吗?"门口响起了她欢快的声音。

萨宁默默地扣上外衣纽扣,拿起帽子。马利亚·尼哥拉耶夫娜用活泼明快的目光扫了他一眼,点了点头,快步跑下楼梯。他也跟着跑了下去。

马儿已经在门前等着了。一共三匹——一匹是金栗色的纯种牝马,头面瘦小,脑门上有一块花纹,黑黑的眼睛鼓了出来,长着鹿一样的长腿,虽然瘦,却很漂亮,性情火一般烈,这是预备给马利亚·尼哥拉耶夫娜骑的;另一匹长得肥壮有力,浑身漆黑,四肢粗大,别无特征,这是给萨宁骑的;第三匹是给跟随的仆人准备的。马利亚·尼哥拉耶夫娜轻轻跳上了马。牝马撅起屁股,甩着尾巴炕蹶子。然而,马利亚·尼哥拉耶夫娜是个好骑手,安然稳坐不动。她本应该跟颇洛佐夫告别,他还是戴着他那顶不可或缺的红帽子,穿一件没有系纽扣的睡衣,站在阳台上摇晃一块细纱手帕。他脸上一点笑容也没有,好像还皱着眉头。萨宁也上了马,马利亚·尼哥拉耶夫娜朝着颇洛佐夫扬了扬鞭梢,然后用力带她的马。牝马前脚离地站了起来,向前一跳,被带住以后,浑身发颤,扯拽着马嚼子,激动地喷鼻子,接着便以细碎的步伐迅速走起来。萨宁在后面跟随,目不转睛地看着马利亚·尼哥拉耶夫娜。她体态灵活苗条,穿戴得干净利索,但是衣服并没有紧紧箍在身上;她安详、柔媚地随着马的步伐摇摆着身子。她回过头来向他使了一个眼色,他连忙快跑两步和她并辔走去。

"多有趣呀!"她说,"我想要在临别以前对您说,您真可爱——您以后一定不会懊悔的。"

说完最后一句话,她点了几下头,仿佛想要强调一下她的话,使他注意到其中的奥秘。

萨宁看见她这么快活心里有些奇怪。她脸上有一种一本正经的表情,只有当小孩子心满意足的时候,才会出现这种表情。

他们骑马缓缓走到近处的城门边,然后出城走上大路,才放开马快步跑了起来。天气晴和,是个明朗的夏日。微风习习地在耳边响着,轻轻拂着他们的脸。他俩的心情都十分愉快。他们年轻、健壮、自由自在、矫健敏捷,俩人都陶醉了。马利亚·尼哥拉耶夫娜带住马,又缓缓走起来,萨宁也跟着放慢了速度。

"啊,"她深深地快乐地叹了一口气,"去争取你很想得到、却仿佛不可能得到的东西,是多么有意思啊!只有为了这个,才值得活着!我真快活,心满意足,一直满足到这儿啦。"她的手很快地在喉头比画了一下,"我的心情舒畅极了,快乐极了!我真想拥抱整个世界。不,不是整个世界。您看,我就不想去拥抱他,"她用鞭梢指了指在路旁踯躅的一位衣衫褴褛的老人,"不过,我能使他也快活快活。喂,给你!"她用德国话大声对那个老头儿喊着,把她的钱袋向老人脚下掷去。那个沉重的小袋子(当时还不兴用钱包)便啪的一声落在大路上。老人吃了一惊,站住了。马利亚·尼哥拉耶夫娜哈哈大笑,放开马飞跑起来。

"您这么喜欢跑马?"萨宁赶上她的时候问道。

马利亚·尼哥拉耶夫娜又猛地带住了马——她只会用这种办法收住马。

"我不想听他道谢,向我道谢就扫了我的兴。我不是为了他,而是为了我自己,怎么能够容他来谢我?您说什么来着?我没听见。"

"我问您……今天为什么这么快活?"

"您知道吗?"马利亚·尼哥拉耶夫娜说。她还是没有听见萨宁在说什么,要不就是觉得不便回答他的问题。"我真讨厌那个踢踢踏踏跟在后面的仆人,他可能老在盼着我们早点回去……想个什么办法把他打发走?"她很灵巧地从口袋里掏出了一个小笔记本。"让他送封信回城里去?不成,那不合适。唔,有了,前面是不是有个旅店?"

萨宁顺着她的手看了一看。

"好像是有的。"

"太好了!我吩咐他到那儿去喝杯啤酒等着我们。"

"可是……他该怎么想呢?"

"那跟我们有什么关系?得了吧,他才不会去想什么呢,他就知道喝啤酒。来呀,萨宁!"这是她第一次这么称呼他,"向前,快跑!"

走到旅店门前,马利亚·尼哥拉耶夫娜把仆人叫上前来,吩咐了他一番。那位仆人是英国血统,脾气也是英国式的。他一言不发,举了举帽子,此后跳下马来,拉着辔头把自己的坐骑牵走了。

"这下,我们就自由得跟鸟儿一样了!"马利亚·尼哥拉耶夫娜大声叫了起来,"咱们往哪边去?东?南?西?北?瞧呀,我就像那正在举行加冕典礼的匈牙利国王一样。"(她手举马鞭朝四面指了指。)"全是属于我们的。不,你知道吗——看看那边那些美丽的山峦——还有那些树林。上那儿去,往山那边走,往山那边走!"

In die Berge, wo die Freiheit thront!(到山那边去,到自由的王国去!)

她离开大路,放马跑进一条真的像是可以通到山脚的人迹罕见的小路。萨宁在她后面追驰。

四十二

小路不久就变成了羊肠小道,后来被一条大沟斩断,绝了路。萨宁主张向后转,可是马利亚·尼哥拉耶夫娜说:"不,我要到山脚去。一直往前走吧,像鸟儿一样笔直地朝前飞。"她策马从沟上跃过,萨宁也跟着。跨过沟渠之后便是一片草地,先是干的,接着是潮湿的,再往前就变成沼泽地了,到处都汪着水。马利亚·尼哥拉耶夫娜大笑着故意让马淌过池沼,大声说道:

"我们来当小孩子吧!"

"您懂不懂在泥沼中打猎是什么意思?"她问萨宁。

"我懂。"他回答道。

"我叔叔总爱带着狗去打猎,"她继续说道,"春天,我常常跟他一起去,真有趣极了。现在您我就是在泥沼中行猎。您知道吗,您是个俄国人,为什么偏偏要去跟个意大利女人结婚呢?好吧,那是您自己的事。这是什么?又是一道沟!嚆!"马跳过了沟壑,马利亚·尼哥拉耶夫娜的帽子落到地上,鬈发披散到肩上。萨宁想跳下马去拾她的帽子,她拦住了他:"别动,我自己来拾。"她用马鞭的柄揽住面纱,坐在鞍子上深深弯下腰去,真的就把帽子拾起来戴在头上了。她来不及把披散的头发塞回帽子里,就大喊大叫着催马飞一般地狂奔起来。萨宁和她一起奔驰,和她并驾齐驱跳过沟壑、篱笆、溪流,又蹦又跳,时而奔上山坡,时而驰下谷底,他的眼睛总是目不转睛地盯着她的脸儿。她的脸儿也的确很出色——像一朵盛开的花。她那贪欲发亮的眼睛射出野性勃勃的光,嘴张着,翕动着的鼻孔贪婪地呼吸着迎面扑来的风。她笔直地朝前看,仿佛想要把眼前的一切一口吞下——大地、蓝天、太阳乃至空气。她唯一的憾事,就是没有足够的艰难险阻让她来克服。"萨宁,"她叫道,"这真像毕尔格尔[①]的作品《列诺尔》里的情形,只不过您不曾死,对不对?

[①] 毕尔格尔(1747—1794),德国狂飙突进时代的诗人。

您没有死……而我也活着!"她不顾一切的兽性充分表露了出来。她已经不是一个策马飞驰的具有男人性格的女人,而是一个在纵情欢乐的女首马身、半神半兽的怪物。端庄的大地遭到她的蹂躏,沉默而又惊恐地躺在她的脚下。

马利亚·尼哥拉耶夫娜终于带住了喷着白沫、满身是汗与泥的马。它在她的胯下已经有些立脚不稳了。萨宁那雄壮粗笨的马也大口喘着气。

"喂,快活不快活?"马利亚·尼哥拉耶夫娜心迷神醉地悄声问。

"快活极了!"萨宁热情地答道,他的血也在沸腾。

"等一等,还有更妙的呢!"她向他伸出手来,手套已经脱去。

"我说了要把您带到树林里,带到山边——喏,山就在这里!"真的,离这两个狂跑的骑手约莫两百米远的地方,一带覆盖着郁郁葱葱林木的高山蜿蜒伸展开去。"瞧,那儿有一条路。喘一口气吧——再往前走!慢点走,得让马歇一歇了。"

他们继续往前走。马利亚·尼哥拉耶夫娜使劲把头发甩到脑后。她低头看了看她的手套,把它们脱了下来。"我的手该沾上皮子气味了,"她说,"您不介意吧,是不是?"

马利亚·尼哥拉耶夫娜笑了,萨宁也笑了。一起狂跑了这么一阵子,他俩越来越亲近,交上朋友了。

"您多大啦?"她突然问道。

"二十二岁。"

"真的吗?太奇怪了,我也恰巧二十二岁,正是好年龄。把我俩的年龄加在一起,离衰老还远着呢。天气真热呀,我的脸发红了吗?"

"红得像罂粟花一样。"

马利亚·尼哥拉耶夫娜用手帕擦了擦脸。

"到林子里去就凉快了。是座老林子,跟个老朋友一样!您有朋友吗?"

萨宁想了一想。"有……但是不多。没有一个真正的朋友。"

"我倒有,不过年纪都不大。我的马就是我的好朋友。您看它走得多稳当。啊,这里多爽快呀,我后天真的就得上巴黎去了吗?"

"是呀,您真的要去了么?"萨宁应道。

"您呢?回法兰克福去?"

"我当然得回法兰克福。"

"好吧,祝您快乐!不过,今天却是属于我们的——我们的!"

马儿走到林边,走进了树林。四面八方都是微润的浓荫。

"这里真是天堂!"马利亚·尼哥拉耶夫娜叫了起来,"到树荫深处去,萨宁!"

马儿摇摇摆摆寻路走进树荫深处,小声喷着鼻子。小路忽然拐了一个弯,进入一条羊肠小道。一股强烈的混有石楠、羊齿、松香、湿气和去年腐烂叶子的气味,使人昏昏欲醉。赭色的巨大岩石的罅隙里散发出一股幽凉的气息。路的两旁到处是满盖绿苔的圆圆的土包。

"好啦,"马利亚·尼哥拉耶夫娜叫道,"我要在这片绒垫子一样的地上坐下来休息休息。扶我下来吧!"

萨宁跳下马,跑上前去。她扶着他的肩膀,轻轻跳下地,在长满苔藓的土堆上坐了下来。他站在她面前,牵着两匹马的缰绳。

她举眼望着他的脸,"您就忘记了吗,萨宁?"

萨宁记起了昨天在马车里的情形。"您是在问我,还是在责备我?"他反问道。

"我有生以来从不责备任何人。您相信迷魂汤吗?"

"什么?"

"迷魂汤。那些歌儿里面唱的,俄罗斯民歌里唱的。"

"哦。您说的是那个……"萨宁拖长了声音说。

"是的,我相信它——到时候,您也会相信的。"

"迷魂汤,"萨宁说道,"世界上没有不可能发生的事情。以前我不相信什么迷魂汤,现在我相信了。我真的连自己也不认得了。"

马利亚·尼哥拉耶夫娜像在回忆什么,朝四周瞧了瞧。

"我好像认识这个地方。萨宁,您去看看,那棵大橡树后面,有没有一个红颜色的木十字架?"

萨宁朝边上走了几步,"有的。"

马利亚·尼哥拉耶夫娜咯咯地笑了起来。"很好。这下我知道这是什么地方了,没有迷路。那是什么声音?……砍柴的吗?"

萨宁朝树林深处看了看,"是的,有人在砍干柴。"

"我得把头发绾起来,"马利亚·尼哥拉耶夫娜说,"要不他看见我这副样子该说闲话了。"她摘下帽子,一句话不说,一本正经地编起她的长辫子来。萨宁站在她面前。她身体的柔和曲线在深色衣服的皱褶下面清清楚楚地显现出来,衣服上星星点点沾了不少苔藓。

忽然,一匹马在萨宁背后嘘了一口气。他吓了一大跳,从头到脚打了个冷战。他心里在翻腾,神经紧张得像琴弦一样。他说得不错,他真的不认识自己了。他被迷住了。他心里只有一件心事,一种想法,一个欲望。马利亚·尼哥拉耶夫娜以探索的目光瞧了他一眼。

"好啦,现在行了。"她终于说道,重新戴上了帽子,"您不坐一下吗?就坐在这儿!不,等一等,先别坐。那是什么声音?"

震耳的隆隆声掠过了树梢。

"是雷声吗?"

"好像是。"萨宁答道。

"呵,真是个吉庆的日子——吉祥如意的日子。就只差这个了。"隆隆声又起,声音越来越大,成了轰然巨响。"妙极了,再来一个!记得我昨天跟您提起的《爱乃传》吗?他们也是在树林子里遇到了暴风雨。来,找个地方避避雨吧。"她很快地蹦了起来,"把我的马带过来!伸出您的手,这就对了,我并不很重。"

她像小鸟一样飞身上马,萨宁也跟着上了马。

"您想回去了吧?"他迟迟疑疑地问。

"回去?"她扬声反问了一句,稍停一下揽起了缰绳。"跟我来!"她以相当粗暴的声音命令他道。

她上了路，绕过十字架，从斜坡上下到平地，走到十字路口，转过右边，又沿着上山的道路跑了起来。她显然认识这条路，沿着小径向密林深处越走越远。她一言不发，头也不回，笔直地昂然向前；而他呢，谦卑又驯服，突突跳着的心已是六神无主。下起雨来了，雨点很稀疏，她催马向前，萨宁紧跟紧追。穿过一道浓绿幼嫩的枞树林子，只见在一块凸出来的巨大灰色岩石下面，有一间粗陋的茅舍，在那柳条编的墙上有一扇低矮的门。马利亚·尼哥拉耶夫娜策马穿过草丛，在茅屋门前跳下了马，然后回过头来悄声低唤："爱乃！"

四个钟头以后，马利亚·尼哥拉耶夫娜和萨宁回到了威斯巴登的旅馆，跟在后面的仆人坐在马鞍上打盹。颇洛佐夫先生来迎接他妻子的时候，手里拿着给管事的信。他以探究的目光看了看她，脸上有些不高兴的样子。他咕噜着说："看来这次打赌是我输了？"

马利亚·尼哥拉耶夫娜只耸了耸肩膀。

两个钟头以后，在萨宁的屋子里，一失足成千古恨的萨宁丧魂落魄地站在马利亚·尼哥拉耶夫娜面前。

"你准备上哪儿?"她问道,"巴黎,还是法兰克福?"

"你到哪里,我也跟到哪里。只要你不撵我,我永远不离开。"他不顾一切地说着,跪了下来,吻着从此成为他的主宰者的手。她把手抽回来放在他头上,用十个手指插进他的头发,慢慢用手指抚弄他那些柔软的发卷,它们一舒一卷地顺着她的手指在动。她笔直地站着,嘴角上挂了一个胜利的微笑,她那大睁的双眼亮得闪着白光,眼神里充满冷酷的胜利的满足之情。当鹰隼把爪子插入它所俘获的鸟儿身上时,就是这样一种眼神。

四十三

　　以上就是萨宁的回忆。他在寂静的书斋里翻箱倒箧，找出石榴色宝石镶的十字架时，回想的就是这些。我们方才讲的这个故事在他脑子里一幕又一幕地浮现出来。但是，当他想起他曾经怎样屈辱地在颇洛佐夫太太面前祈求，匍匐在她的脚下，开始了他的奴隶生涯时，他就抛开这些重新唤起的回忆，不愿意再想下去了。并不是他的记忆力不中用，不是的！这之后发生的事情，他记得非常清楚，不过即使是在多年以后的今天，他也还是觉得自己太卑鄙龌龊。假如他不努力去抑制这些回忆，那克制不住的自轻自贱的感觉，就会像巨浪一般汹涌地猛扑过来，把别的感觉都淹没殆尽，而这是他十分害怕的。不过，他无论怎样努力去抑制这些回忆，还是不能一点也不去想。他想起自己给吉玛写了一封无耻的信，信里充满了谎言和不值钱的眼泪，以后再也没有收到回信……在这样的欺骗、负心之后，再去见她，再回到她身边……不行！不行！他还多多少少残留了一点良心和诚实，使他不能这样做！再说，他已经完全丧失了自信和自尊，挺不起腰杆了。萨宁还想起——哦，真可耻！——他怎样派了颇洛佐夫的仆人到法兰克福去取他的行李，他那卑怯的心里战战兢兢，只有一个念头：赶快走掉，去巴黎，越快越好。他想起他怎样按照马利亚·尼哥拉耶夫娜的旨意，拼命讨好希坡里特·西多洛维奇，还和邓何夫言归于好。邓何夫的手指上戴了一个铁指环，样子和马利亚·尼哥拉耶夫娜赠给他的那个一模一样！还有更可羞、更可耻的事。茶房给他送进来一张名片，上面印着"邦塔列沃勒，摩达纳公爵府的歌者"的字样。他躲着不见这位老人，可是终于在旅馆的走廊里被截住了。他至今记得，老人额前灰色的鬈发高高翘起，一脸的愤恨，周围满是皱纹的眼睛冒着怒火，嘴里在威胁，在怒骂，萨宁听得见他在叫喊："Maledizione！Codardo！Infame tradito！（意语：说谎的家伙！卑怯的小人！卑鄙无耻的骗子！）"

萨宁闭上眼,摇了摇头,一再想要摆脱他的这些回忆,然而他还是不由自主地想起他坐在一部华丽的旅行马车前面狭窄的木凳上的情景……马利亚·尼哥拉耶夫娜和希坡里特·西多洛维奇倚在后面厚软的垫子上,四匹高头大马用匀称的步伐穿过威斯巴登的街道把他们拖往巴黎,巴黎!希坡里特·西多洛维奇吃着的一个梨,是他萨宁削的皮;马利亚·尼哥拉耶夫娜两眼瞧着业已被她征服的萨宁,脸上挂着那个他很熟悉的微笑……

可是,天呀!在离城边不远的地方,街的转角处,是谁呀,难道不是邦塔列沃勒吗?那个跟他在一起的又是谁,不是爱弥儿吗?是的,就是他,那个热心肠的忠心耿耿的孩子!仅仅在几天以前,他那颗年轻的心还像崇敬一个英雄、一个理想的人物一样崇敬他;而现在他那苍白、俊美的脸——俊美得引起了马利亚·尼哥拉耶夫娜的注意,探出头去看他——这高贵的脸上燃烧着轻蔑与愤恨。他的眼睛——非常像他姐姐的——盯着萨宁,嘴唇紧闭,……蓦地张开,也不过是为了咒骂……

接着邦塔列沃勒伸出手来指萨宁——指给谁看呢?指给站在他身旁的塔尔塔立亚看,于是塔尔塔立亚便向着萨宁狂吠起来；在他听来，这条诚实的鬈毛小狗的狂吠就是使人难堪的咒骂……岂有此理！

接着便是在巴黎的生活……种种屈辱，受着奴隶般的折磨，而他这个奴隶连嫉妒和抱怨的权利都没有，最后像块破布似的被人扔掉……

再后来就回到了祖国，过着悲苦、空虚的生活，无谓的烦愁、无谓的忧思和痛苦，无益的追悔，徒劳的、伤痛不已的忘却——对他的惩罚是无形的，然而却是永恒的，像一个永不愈合的伤口，又像是一文钱一文钱地偿还一笔永远还不清的债……

痛苦之杯已经满盈……够了。

吉玛给他的这个小十字架怎么会保存下来，他当初为什么没有把它还给她？为什么多年来他一直没有发现它？他久久地坐着沉思，尽管多年来他已经历练了人生，但是他还是不明白自己当初怎么会为了一个他一点也不爱的女人，抛弃了他那样温柔地、热烈地爱过的吉玛。

第二天，他告诉他所有的朋友和相识，他要到国外去了，这使他们大吃一惊。社交界轰动了。在隆冬时节，刚刚租定并且布置好一座华丽的住宅，预订了意大利歌剧团的季票——巴悌夫人，是呀，巴悌夫人将亲临演出——在这样的时节，萨宁却要离开圣彼得堡了。朋友们、相识们目瞪口呆。不过人类对他人的事是不会长久挂在心上的。当萨宁启程到国外去的时候，只有一个人到火车站去给他送行。那就是他的法国裁缝，要求结清一笔欠账，pour un saute-en-barque en velours noir, tout à fait chic.（法语：为的是一件时髦的黑绒短外衣。）

四十四

萨宁对朋友们说他要到国外去,但是没有说明要到什么地方。读者不难猜出他径直到了法兰克福。当时到处都有了铁路,所以他离开圣彼得堡只有三天就到了法兰克福。他从一八四〇年以后没有再来过。"白鹅饭店"还在老地方,生意兴隆,然而已经不是第一流的旅馆了。法兰克福的主要街道采尔大街并没有什么大的变化,可是洛色里太太的甜食店却无影无踪,连甜食店所在的那条街也不见了。萨宁茫然地在他一度非常熟悉的地方走来走去,但是什么也认不出来。旧的建筑物不见了,取代它们的是新的街道,两旁连绵不断地耸立着高楼和讲究的别墅。他向吉玛倾诉爱情的那座公园里的树木已经长得十分高大浓密,公园已非往日面貌,萨宁真怀疑它是不是原来那一座。怎么办呢？上哪儿去打听？三十年了，找起来不是一件容易的事。他问了又问，可是谁也没有听见过洛色里的名字。旅馆老板建议他到公共图书馆里去查旧报纸，不过是否能解决问题，这位老板也说不准。萨宁在绝望中想起了克律伯先生。旅馆老板很熟悉他，但是结果还是没有用。这位漂亮的店员先生发了财，当上了老板，后来蚀了本，破产了，死在监牢里。这消息一点也不使萨宁难过。他觉得自己白来了一趟。然而有一天，当他翻阅一本法兰克福指南的时候，无意间发现了退职少校（Major a.D.）冯·邓何夫的名字。他马上叫了一部马车朝那个地址驶去——他并不知道这位邓何夫是不是就是他认识的那一位。即便是的话，是否能告诉他有关洛色里家的消息，也没有把握。不过一个快要淹死的人连一根稻草也免不了要去抓。

冯·邓何夫少校在家里，萨宁马上认出这位长着灰白头发的男子就是他当年的对头。冯·邓何夫也认出了他，见了他很高兴，因为会见使他想起了他的青年时代和他昔日的狂悖。他告诉萨宁：洛色里一家多年前就迁居美国，住到纽约去了。吉玛嫁了一个商人。

他有一个熟人也是做生意的,和美国有许多买卖上的往来,也许会知道吉玛丈夫的住址。萨宁恳求邓何夫去找这位熟人——好运气——邓何夫真的找来了吉玛丈夫的地址——纽约百老汇路五百零一号,司洛康先生。不过这个地址是一八六三年的了。

邓何夫大声叫了起来:"但愿当年法兰克福的美人还健在,而且没有离开纽约!唔,"他放低了声音又问道,"那位在威斯巴登住过的俄国太太,你知道吗,那位冯·颇……冯·颇洛佐夫太太还活着吗?"

"不,"萨宁说,"她很久以前就死了。"

冯·邓何夫抬起眼睛,见萨宁忧郁地把脸扭向一边,就一语不发地走了。

萨宁当天就给纽约的吉玛·司洛康太太写了一封信。他对她说,这封信写自法兰克福,他来此唯一的目的就是为了寻找她的踪迹。他明白自己没有要求她回信的权利,也没有一点值得她饶恕的地方;但愿她如今在幸福的生活中早已忘却了他的存在。他说自己现在想起她完全是由于一件偶然的事情在心里强烈地唤起对于过去的回忆。他向她诉说了自己孤独的、没有家室儿女、没有幸福的生活。他恳求体谅给她写信的动机,不要让他把痛苦的负罪的心情带到坟墓里去——他为之付出了代价,然而尚未被饶恕——他求她赐给几行字,哪怕只有寥寥数语也好,把有关她自己的情况和在美洲的生活对他讲一讲。"即使给我写上一个字,"萨宁在信末写道,"也是做了一件和您那高贵的心相配的好事,我直到生命的最后一息都将感激不尽。我住在白鹅饭店(他在这几个字下面画了一道线),我将在此专候您的回音,直到来春。"

寄出这封信后,他便安心等待着。他在旅馆里等了整整六个星期,几乎不出大门,也不会客。没有人会从俄国或者其他地方写信给他,这使他很高兴。那么,只要有了给他的信,就必定是他正在盼望的那一封了。他从早到晚都在埋头阅读,读的不是报纸,而是严肃的历史著作。这种长时间的阅读、寂静、隐士般的孤独生活,正是他目前这种精神状态需要的——单单为了这一点,他也应该感谢吉玛了。然而她还活着吗?会回他的信吗?

他终于收到了一封来自纽约的贴着美国邮票的信。信封上的姓名住址是用英文写的……笔迹他不认识,他的心缩紧了。他下不了决心马上把信启开。一拆开信封,他先看了看署名——吉玛。眼泪涌了上来。信上只署名，没有带姓，单是这一件事已经象征着和解与饶恕了。他展开薄薄的淡蓝色信纸，一张照片掉了出来。他急忙拾起相片，惊呆了——那是吉玛，活生生的吉玛，和他三十年前认识她的时候一样年轻！仍是那样的眼睛、那样的嘴唇、那样的脸型。照片背后写着："我的女儿马利安娜。"

信很简单、温良。吉玛感谢萨宁信任她，毫不犹豫地写信给她。她不隐晦地说，自从他跑掉以后，她确实伤心过一阵子；但是马上接着又说，她过去和现在始终认为她和他的相逢是一件幸运的事情，因为这终止了她和克律伯先生的婚事，因而间接地导致了她和她现在丈夫的婚姻。她和她的丈夫非常美满地共同生活了二十七年，十分富足。她的家庭在纽约享有很好的声名。吉玛还告诉他，她一共有五个孩子，四个儿子，一个十八岁的即将出嫁的女儿。大家都认为她非常像母亲，所以她把女儿的照片送给他一张。吉玛把坏消息留在信的末尾。列诺尔太太跟着女儿女婿到了纽约，和儿女们一起度过了快乐的时光，从孙儿孙女那儿得到了安慰，但是现在已经去世了。邦塔列沃勒本来也想和他们一起到美国来的，但是没有来得及离开法兰克福就去世了。"还有爱弥儿，我们亲爱的无与伦比的爱弥儿,为了祖国的独立光荣地牺牲在西西里,他是伟大的加里波第①领导的'千人团'中的一个。我们非常悲痛地哀悼了亲爱的兄弟的去世,但是在流泪的同时,我们也因他而骄傲,对他的纪念在我们来说是神圣的。应该给他那高尚无私的灵魂奉上一顶烈士的冠冕。"然后,吉玛对萨宁生活的不如意感到不安,祝愿他心灵的安宁和平静。她说,若能再看见他,将十分快慰;不过,她也知道再见面怕是不可能的了。

我们不打算描述萨宁读这封信时心情如何。没有恰当的字眼能够表达这种感情——这种感情比语言所能表达的更深刻、强烈,也更含蓄。只有音乐可以表达几分。

萨宁马上回了信,还给那将要出嫁的少女送了一件礼物——一串极其瑰丽精致的珍珠项链,上面挂了一个镶有石榴色宝石的小十字架——刻了几个字:"赠给马利安娜·司洛康——一个没有见过面的朋友。"这件礼物虽然很贵重,却还不至于使他破产。从他第一次访问法兰克福以来的三十年里,他积了一份相当

---

①加里波第(1807—1882),为意大利的自由解放进行战斗的爱国将军。

殷实的财产。他于五月初回到圣彼得堡,但可能住不长久。有人传说他正在变卖他所有的产业,准备到美国去。

一八七一年于巴登-巴登